나는 결코 어머니가 없었다

엄마와 딸의

공동 회고록

나는 결코 어머니가 없었다

하재영 지음

H

나의 ‘여성적 힘’에 뿌리가 되어준

고선희 님에게,

기록하지 못해 아픈 두 할머니

채무식, 송영임 님에게

일러두기

저자가 강조하는 내용은 명조 볼드체로, 인용한 책에서 강조하고 있는 내용은 고딕 볼드체로 표기했다.

서문

필연적 오독,
불가능한 재현,
예정된 실패

페미니즘에 대해 알아가면서, 나와 가장 가까운 여성-엄마에 대해 아는 바가 거의 없다는 것을 깨달았다. 나는 그녀가 나의 엄마로 '태어난' 것처럼, 인간이자 여성으로서의 엄마는 처음부터 없었던 것처럼 여겼다. 이 글은 엄마에 대한 모름을 앎으로 바꾸기 위해 시작되었다.

엄마는 자신의 '사적'인 이야기를 거의 하지 않았다. 엄마에게 '사적'이라는 표현을 사용하면서 묘한 기분을 느낀다. 집 안의 어디에나 있어야 했고 집 안의 아무에게나 호출되어야 했던 엄마에게 사적 영역이 있었던가? 개별성을 지닌 사적 존재로서 그녀는 어떤 사람인가? 엄마가 자신의 엄마를 회상하며 '동네의 공공재'라고 말했듯, 나도 엄마를 '집안의 공공재'로 여기지 않았는가? 구성원이 공동으로 이용하는 대가 없는 재화, 비경쟁성의 사회 서비스인 '공공재'. 우리는 무의식 속에서 그 언어를 한 사람에게 은유로나마 적용하고 있지 않은가? (나는 집안의 맏며느리였던 엄마의 삶을 목격했지만 '집성촌'이라는 거대한 부계친족 집단의 맏며느리였던 할머니의 삶은 상상하지 못한다.)

엄마는 왜 자신의 이야기를 하지 않았을까? 의도한 것이었다면 다층적이고 다면적인 한 인간을 단편적 이야기로 판단하는 일을 경계했기 때문일 것이다. 그러니 다른 사람이 자신에 대해서도 쉽게 '안다'고 생각하기를 원치 않았을 것이다. 의도한 것이 아니었다면 아내-며느리-엄마가 아니었던 적이 오래되어서, 혹은 자기 삶이 '평범해서' 이야깃거리가 되지 않는다고 생각했을 수도 있다. 나는 엄마가 무엇을 욕망하는지 모른다. 엄마도 모르거나 알더라도 모르는 체할 수밖에 없었을 것이다. 모성 이데올로기로 여성을 억압해온 역사는 기나긴 가부장제의 역사와 궤를 같이한다. 오랜 예속의 세월을 지나면서 어머니는 욕망하는 것과 강요되는 것을 구분하기 어려워졌다.

엄마는 힘들었던 일에 관해 이야기하는 것을 특히 꺼렸다. 우리가 함께 겪은 일이라도, 이를테면 청소년기에 내가 가출한 일이나 아빠의 사업이 실패한 뒤 시장 옥탑에 살았던 일은 대화의 금기였다. 남편의 출세도, 자녀의 교육도 아내-엄마의 노력 여하에 따른 것으로 간주하는 사회에서 엄마는 그 일을 자신의 실패로, 치부로, 부끄러움으로 여겼는지 모른다. 우리는 불운한 일이 일어나지 않은 것처럼 지냈다. 그러나 나는 그런 이야기를 하려고 한다. 한 사람의 진실은 바로 그런 이야기 속에, 또는 그런 이야기 너머에 있다고 믿는다.

이 책은 엄마의 삶을 경청하고 해석하고 감응하려는 작업이었다. 많은 딸이 어머니의 이야기를 들어주고 때로는 옹호자를 자처하지만, 나에게는 그 중간 단계로써 해석이 필요했다. 이 해석은 지크문트 프로이트가 제시한 정신세계에 대한 과학적 패러다임도 아니고 수전 손태그가 "해석은 지식인이 세계에 가하는 복수"[1]라고 말할 때의 그 해석도 아니다. 나의 해석은 한 사람 속으로 '들어감'이고 '물러남'이다. 엄마의 시선으로 바라보고 엄마의 감정으로 느끼려고 그녀의 내적 논리와 존재 방식 안으로 '들어가려' 했다. '들어감'은 나의 상상 속에서 엄마의 삶을 다시 살아내려는 시도였다. 한편으로는 엄마의 삶을 텍스트로 삼아 독해하려고 '물러나려' 했다. '물러남'은 엄마의 이야기를 전기(傳記)화하고 행간의 의미를 읽어내려는 노력이었다. 엄마의 축약된 일대기에 나의 이야기를 덧붙이고 엄마의 삶을 전편으로, 나의 삶을 후편으로 구성함으로써 내가 엄마에게 지대한 영향을 받았고 강력한 연관성으로 이어진 사람이라는 것을 말하는 동시에 우리가 다른 삶을 살았고 살고자 했음을 이야기하려고 했다.

나의 주관적이고 편협한 해석에는 필연적으로 오독이 뒤따를 수밖에 없다. 나의 글은 엄마라는 한 인간을 온전히 설명하거나 묘사할 수 없다. 엄마의 10년을 나의 원고지 100매로 재현할 수도 없다. 우리는 모녀라는 관계의 타자로서 영원히 서로를 이해할 수 없을 것이다. 그 불가능성을 알면서, 또는 알기에 엄마에 대해 쓰고 싶었다. 불가능한 일을 실행하기에 이 작업의 결말은 확실시된 실패이지만 의미 있게 실패하고 싶었다. 성공적으로 실패하고 싶었다.

글쓰기의 본질은 불가능을 '실현'하는 일이 아니라 '시도'하는 일이라 믿는다. 보여지지 않았던 것을 보이게 하는 것, 말해지지 않았던 것을 말하게 하는 것은 글을 쓰면서 품게 된 꿈이다. 거시적으로는 사회가 보거나 듣지 않는 이들의 목소리를 전달한다는 의미가 있지만 이 책에서는 그보다 미시적으로, 지극히 '사적'으로 나와 가장 가깝고 내가 거의 모르는 한 여성의 목소리를 기록한다는 뜻이기도 했다. 어머니에 관한 책은 차고 넘치지만 마르그리트 뒤라스의 말처럼 "한 인간의 존재 속에서 엄마란 그가 만난 사람들 중에 결단코 가장 이상하고 예측이 불가하며 파악되지 않는 사람"[2]이라면, 어머니는 영원히 불가사의한 문학적 주제일 것이다.

이 책의 표제인 "나는 결코 어머니가 없었다(I never had a mother)."는 에밀리 디킨슨이 편지에 썼던 유명한 문장이다. 그녀는 한평생 어머니에게 헌신했다. 1850년 병약했던 어머니가 쓰러지자 집안 살림을 도맡았고, 1875년 어머니가 뇌졸중을 일으킨 뒤 1882년 사망할 때까지 여동생과 함께 극진히 곁을 지켰다. 평자들은 이 문장을 여러 의미로 해석했다. 에이드리엔 리치는 디킨슨이 어머니의 인생과 동떨어진 인생을 살았다는 것, 그녀에게 중요한 것을 어머니는 이해할 수 없었다는 것을 의미한다고 말한다.[3]

샌드라 길버트와 수전 구바는 이 문장에서 (여성) 작가가 되는 일이 불러일으켰던 '절망'을 읽어낸다. 디킨슨 시대의 여성 작가는 선배 여성 문인이 전무한 상황에서, 또한 남성 작가가 여성을 창작의 대상(뮤즈)으로는 용납하지만 창작의 주체(동료)로는 절대 인정하지 않는 분위기에서 "병들 정도로 심한 고립", "미칠 듯한 소외감", "마비를 일으키는 모호함"[4]과 싸워야 했다. 두 학자에 따르면, 디킨슨은 "병든 생모와 고통받은 문학적 어머니"[5]가 옮기는 절망을 들이마셨기에 그녀의 편지도 이 같은 맥락에서 해석해야 한다.

나의 오독을 덧붙이자면, 디킨슨이 말하는 '어머니(a mother)'는 현실 어머니가 아닌 어머니 원형이다. 카를 구스타프 융 심리학자들은 '어머니 원형'이라는 강렬한 집단 무의식이 실제 어머니보다 내면에 더 깊숙이 침투해 자아와 관계 맺는다고 말한다. '어머니가 없다'고 단언하는 것은 현실 어머니와 무관하게 어머니 원형으로부터, 모성의 절대성으로부터, 자기 정체성과 대결하는 '어머니 콤플렉스(mother complex)'로부터 벗어나려는 분투이다.

또 한 번 오독하자면, 디킨슨의 **고백**은 이 시대 딸들의 **선언**이다. 어머니가 원하는 사람이 되려고 삶의 한때를 바치고, 아무리 노력해도 그런 사람이 될 수 없다는 사실에 좌절하고, 마침내 어머니의 뜻대로 살지 않기로 결심한 딸에게는 '어머니가 결코 없다'. 이 선언은 모계에 대한 부정이 아니다. 내 안의 '여성적 힘'을 선포하는 것이고, 어머니의 시대를 넘어서는 것이며, 나를 낳은 여자의 분신으로 살지 않겠다고 다짐하는 것이다. 그 여성에게는 모두 어머니가 없다.

'글쓰기'라는 말을 '싸우기'라는 말로 바꿔 읽는다. 훌륭하고 위대한 작가는 구태가 된 기득권과, 오염된 정치와, 뿌리 깊은 편견과, 청산되지 않은 역사와 싸운다. 그러나 범박하고 미욱한 나는 그저 자신과 싸운다. 자기혐오와, 자기 연민과, 자기 검열과, 자기 불신과 싸운다. 이 '사적'인 싸움에서, 어머니에 대해 이야기하는 딸들이 그렇듯 나는 분열된 자아를 대면해야 했다. 대면의 결과로 엄마를 이해할 수 있다면, 또한 나 자신을 이해할 수 있다면 이상적이겠으나 글의 행방은 전혀 다른 곳으로 향했을 수 있다. 사랑에, 연민에, 미움에, 상처에 집착하느라 엄마를 제대로 바라보지 못했는지 모른다. 엄마의 삶을 미화하거나 비하했을지도, 왜곡하거나 편집했을지도, 지나치게 긍정하거나 부정했을지도 모른다. 이 책에 나타난 엄마가 나의 상상과 염원을 뒤섞어 창조한 낯선 여인이라면 그것은 쓰는 사람으로서 나의 한계와 딸로서 나의 애증 때문일 것이다. 나는 한계와 애증 속에서 엄마를 이해하려고 노력했노라 말할 수밖에 없다.

어릴 때는 엄마에게 사랑받고 인정받으려고 애썼다. 청소년기에는 반항하고 상처 주려고 모든 힘을 쏟아부었다. 성인이 되고 나서는 내가 처한 상황을 견디느라 엄마를 멀리했다. 시간이 흘러 엄마의 삶을 나의 글 안에서나마 살아보고자 결심했을 때, 그리고 어떤 의미로든 이 작업에 실패하리라 확신했을 때 엄마는 말했다. "못해도 네 잘못이 아니야. 내 삶이 별 볼 일 없어서야." 이 글은 엄마가 틀렸다는 것을 보여주기 위한 안간힘이기도 했다. 누구의 삶도 별 볼 일 없지 않으며 엄마의 삶 또한 마찬가지라고. 나는 엄마에게, 이름으로 불리지 못한 엄마 세대의 수많은 여성에게 그것을 증명하려고 실패를 예감하면서, 성공해야 했다.

이야기하고 싶은 욕망. 나를 불안하게, 좌절하게, 슬퍼하게, 우울하게 만드는 것에 대해 이야기하고 싶은 욕망. 그 욕망은 나에게는 있고 엄마에게는 없었다. 오히려 엄마는 이야기하지 않을 자유, 자기 삶이 기억되지 않을 권리를 원했는지 모르겠다. 내가 이 글을 쓰려고 이야기를 청했을 때 엄마는 잠시 생각하다가 이렇게 대답했다. "하자, 그게 너한테 필요한 일이라면……." 엄마가 긴 시간에 걸쳐 이야기를 들려주었던 이유는 자신이 아닌 자식을 위해서였다, 지금까지 엄마가 해왔던 대부분의 일이 그랬듯.

그러나 나는 엄마의 필경사가 되어 엄마와 나의 공동의 회고록을 쓰는 일이 엄마에게, 자신의 이야기를 기록하지 못했던 다수의 여성에게 의미 있는 일이 되기를 소망했다. 이야기는 단지 우리의 과거, 경험, 기억이 아니다. 그것은 자유이거나 해방일 수 있다. 우리는 스스로에 대해 이야기하면서 비로소 나 자신이 된다. 내가 엄마에게 주고 싶었던 것은 엄마에 대한 '책'이 아니었다. "나 자신으로 살지 못했다."라고 말하는 엄마가 자기 삶의 저자가 되는 '사건'이었다.

차례

첫 번째 앨범

평범한 여자아이 되기

너는 평범한 사람이다.

앞으로도 평범한 사람으로 살기 바란다.

무난하고 평범한 삶이 행복한 거란다.

이제 나는 무엇이든 해낼 수 있다고,

'잘' 해낼 수 있다고 믿지 않는다.

그러나 평범한 사람이 되어야 한다고,

평범함이 곧 행복함이라고 믿지도 않는다.

결국 아무도, 아무것도

나를 완전히 꺾지는 못했다.

아내도

며느리도

엄마도 아닌¶

나는 평범했어. 보통 아이들과 다를 게 없었지. 조금 다른 점이 있다면 남 앞에서 내가 뭘 못하는 모습을 보이는 게 너무 싫더라고. 어느 겨울에 큰오빠가 스케이트를 사줬어. 강이 꽁꽁 얼어있었지만, 어린아이에게 강은 위험하니까 읍내에서 20분 거리에 있는 시골에 데려갔어. 겨울이 되면 논도 얼

¶ 엄마는 시가 사람들을 호칭할 때 주로 아빠, 할아버지, 할머니, 고모, 삼촌처럼 딸인 나의 입장을 기준으로 말했다. 반면 친정 사람들의 호칭은 대부분 엄마와의 관계 그대로 사용했다. 이 차이가 의미하는 바가 있다고 생각했기에 호칭의 형식을 통일하지 않고 엄마가 표현한 대로 썼다.

거든. 논바닥에서 스케이트를 타는데 계속 비틀거리고 넘어지는 거야. 당연하잖아, 처음이니까. 동네 아이들이 몰려와서 나를 구경했어. 1960년대 시골이니까 스케이트가 얼마나 신기한 물건이겠니. 넘어지는 것도, 넘어지는 나를 아이들이 쳐다보는 것도 참을 수가 없었어. 자빠지고 발버둥 치고 엉덩방아를 찧어가면서 배워야 하는데 망신당하고 있다는 생각밖에 안 드는 거야. 그다음부터 스케이트를 안 탔어. 자전거도 마찬가지야. 작은언니는 어릴 때 오빠에게 자전거를 배워서 지금도 잘 타고 다녀. 시장도 가고 손주에게도 가고 친구집에도 가고. 나는 자전거도 탈 줄 몰라. 비틀거리고 넘어지는 게 싫어서 한 번 타고 그만뒀어.

길거리 음식도 안 먹었어. 친구들이 아이스케키를 먹자고 해도 걸어 다니면서 뭘 먹는 게 창피해서 싫다고 했어. 아이들이 풀빵을 먹으면 혼자 집에 갔어, 길거리에 서서 먹는 게 스스로 용납이 안 돼서. 달고나를 경상도 사투리로 '포또'라고 하는데, 포또도 해본 적이 없어. 길가에 쪼그리고 앉아서 그걸 하는 게 부끄럽더라고. 어떤 아이들은 나를 재수 없다고 생각했을 거야. 나도 왜 그랬는지 모르겠어. 지금은 안 그래. 누가 포장마차에서 떡볶이나 어묵 먹자고 하면 같이 먹어. 나 혼자 그런 걸 먹진 않지만.

학교 다닐 때는 문학과 역사를 좋아했어. 그런데 사실은 음악을 더 좋아하고 싶었어. '좋아했던' 게 아니라 '좋아하고 싶었어'. 내가 음치잖아. 재능이 없으니까 좋아할 자격도 없다고 생각한 거야. 못 하니까 자존심이 상해서 좋아할 수조차 없는 거야. 그렇게 스케이트도 자전거도 못 배우고 노래도 악기도 못 배웠어. 처음부터 잘하는 사람이 어디 있니. 차근차근 배우면서 잘하는 거지. 배움의 과정에서 겪어야 하는 서투름을 감당하지 않은 대가로 아무것도 할 줄 모르는 사람이 된 거야. 어리석고 어리석지.

내가 태어난 곳은 경상북도 문경시에 있는 '점촌'이라는 마을이야. 예전에는 광산촌으로 유명했고 우리 아버지도 광산업을 하셨어. 일제강점기에 부모님이 결혼했을 때 아버지는 열네 살, 엄마는 열일곱 살이었어. 열네 살이라니, 완전히 꼬마 신랑이잖아. 아버지는 곧바로 일본으로 유학을 떠났어. 엄마 혼자 시집살이하면서 시부모님 봉양하고 시동생, 시누이 키우고 온갖 집안일을 다 했지. 고작 10대, 20대밖에 안 된 나이에. 특별한 사연도 아니야. 그 시대 여자들은 다 그랬으니까. 몇 년이 지나도 아버지가 일본에서 안 돌아오니까 집안 어르신들이 자전거를 사준다고 꼬드겼대. 그 당시에 자전거는 신문물이지. 아버지는 자전거를 가지러 한국에 왔다가 그길로 붙잡혀서 눌러앉았고, 엄마는 결혼한 지 10년 만에 큰언니를 낳았어. 내가 2남 3녀 중 막내니까 나 어릴 때 엄마는 이미 나이가 많았지. 그래봐야 40대, 지금 네 나이쯤이었지만.

부모님과 함께 산 건 열 살까지가 전부야. 국민학교(지금의 초등학교) 4학년 때 대구로 유학 갔거든. 엄마에 대해 떠오르는 게 별로 없어. 한 인간이자 여성으로서 어떤 사람이었는지 모를 뿐 아니라 엄마로서 어땠는지도 생각이 안 나. 내가 기억하는 엄마는 맏며느리로서 여러 사람을 먹이려고 일했다는 것. 아버지 고향이 점촌에서 가까운데 그 동네가 집성촌이거든. 이웃들이 일가친척이야. 오일장이 서면 동네 사람들이 우리 집으로 몰려왔어. 읍내에 살았던 데다 집이 넓고 형편이 넉넉한 편이어서. 장날이면 방마다 사람이 가득 찼어, 식당처럼. 엄마는 항상 그 많은 손님을 먹이고 대접했어. 엄마도 나름대로 자식들에게 신경을 썼겠지만, 내가 본 엄마는 나의 엄마라기보다 동네의 공공재 같은 사람이었어. 그런 기억만 남아있어.

대구로 유학 간 이유는 내가 어릴 때부터 갑상선 질환을 앓았거든. 평생 지병이 되었지. 한 달에 한 번씩 경북대학교 병원에서 진료를 받았는데, 점촌에서 오가느니 대구에서 지

내기로 하고 대학생이던 큰언니, 고등학생이던 작은 오빠와 자취했어. 어린 나이에 부모님과 떨어져 살았으니 학업도, 진로도 내 의사대로 선택하고 결정했지. 누구와 상의하는 일도 없었고 누구에게 영향을 받았다고 생각하지도 않아. 큰언니가 보호자였던 셈인데 언니는 형부랑 연애하는 데 정신이 팔려있었지. 강요하는 사람은 없어도 공부는 곧잘 했어. 내가 고지식하잖아. 학생의 본분은 공부라고 생각했어.

문학과 역사 성적이 특히 좋았어. 고등학교 3학년 때, 전교생의 국어 점수를 그래프로 만든 성적표가 나왔는데 한 학생만 그래프 선이 끝까지 올라가 있더라고. 그게 나였어. 마흔 중반에 동기 몇 명과 당시 국어 선생님을 찾아뵈었는데 선생님이 나를 보고 반색하면서 물었어. "뭐 하고 사니?" 네 아빠가 사업에 실패해서 집안이 어려울 때였어. 나는 식당에서 주방 일을 하고 있었는데 차마 그 말은 못 하고 "살림해요."라고 대답했어. 선생님이 의아해하더라. "뜻밖이네. 너는 자의식이 강해서 네 이름으로 뭔가를 하고 있을 줄 알았는데……." 약간 씁쓸했어. 예전에는 나에게 기대를 거는 사람이 있었는데 싶어서. 하지만 그런 생각도 지나가는 거지, 먹고살기 바빠서 금세 잊었어.

학창 시절의 나를 알던 사람은 모범생으로 기억할 거야.

실제로 선생님에게 '얌전하다', '조신하다', '착하다', '성실하다' 같은 말을 듣는 학생이었고. 지금 생각하면 그런 말에 의문이 들긴 해. 얌전하고 조신한 게 미덕일까? 착하다는 건 나의 의지가 아닌 남의 의지대로 사는 사람을 뜻하는 게 아닐까? 성실은 언제나 좋은 걸까? 나는 칭찬받는 학생이 되려고 그 말을 받아들이고, 심지어 자신을 그런 사람으로 믿어버렸던 것 같아.

나는 전교에서 가장 먼저 등교하는 학생이었어. 텅 빈 교실에서 창문을 활짝 열고 서늘한 아침 바람을 맞으면 더할 나위 없이 기분이 좋더라고. 하지만 더 중요한 이유는 주임 선생님이 지각생을 교문 앞에 일렬로 세워놓았거든. 쓸데없는 자존심이겠지만 그게 너무 굴욕적으로 느껴져서 가장 먼저 등교하는 학생이 되기로 했어. 나도 늦잠을 자는 날이 있고 졸다가 정류장을 지나칠 때도 있을 테잖아. 조금이라도 늦을 것 같으면 완전히 늦어버렸어. 첫 수업이 시작하고 교문에 아무도 없을 때 들어가서 도서관에서 책을 읽다가, 2교시가 시작하기 전 교실에 앉아있는 거야. 교문 앞에 서 있는 수치를 당하느니 차라리 수업을 포기하는 게 내가 택한 방식이었지.

모범생이라 불렸지만 내 안에 강한 자의식과 자유에 대한 갈증이 있다는 것도 알고 있었어. 책과 영화를 좋아했던 것도 그런 이유가 아닐까 싶어. 내가 아닌 다른 사람이 되는 기분, 여기가 아닌 다른 세상에 사는 느낌, 그게 좋아서 책과 영화에 몰두했던 건지도……. 괴테, 헤르만 헤세, 앙드레 지드, 솔제니친 같은 사람들의 세계문학도 읽고 박경리, 조정래 같은 사람들의 한국 문학도 읽었어. 문학만 좋아한 건 아니고 무협지와 만화책도 무지하게 읽었어. 책은 다 재미있더라고.

그때는 학생이 영화관에 출입하는 게 금지였어. 학교에서는 모범생인 척 지내다가 주말이면 외화를 주로 상영하는 아카데미극장이나 한일극장에 갔어. 고등학생 때인지 대학생 때인지 잘 기억나지 않지만 〈애수〉, 〈기적〉, 〈벤허〉, 〈7인의 신부〉 같은 영화를 봤던 기억이 나. 열여덟 살 여름에는 영화를 보고 나왔는데 너무 더워서 지금의 한일로에 있었던 뉴욕제과에서 팥빙수를 먹었어. 그러다 교무주임 선생님에게 딱 걸려서 반성문을 썼지 뭐야. 요즘 사람들은 그게 왜 반성문을 쓸 일이냐고 하겠지만 시대에 따라서 규범과 제재의 기준은 다르잖아. 학생이 영화를 보고 제과점에 가는 것조차 허용하지 않던 때였고, 퇴폐풍조라면서 젊은이들의 장발과 치마 길이를 단속하던 시대였어. 요즘 청소년은 화장하고 염색하고 교복 치마를 짧게 줄여 입지. 영화관이나 카페에 가기도 하고. 네가 10대 때 많이 방황했잖아. 나는 스스로를 모범생이었다고 말하고 너는 네가 불량했다고 말하지만 우리의 10대는 어느 정도 닮아있지 않을까? 금지된 걸 원하고 억압받지 않으려 했다는 점에서.

결혼 전에는 여자라서 차별받는다고 생각한 적이 없어. 집안이 넉넉한 편이고 아버지가 깨인 사람이어서 아들, 딸 구분 없이 대학까지 보냈거든. 아들이라고 편애하고 딸이라고 구박하는 일도 없었지. 중학교를 졸업하면 고등학교에 가고 고등학교를 졸업하면 대학에 가는 게 당연한 줄 알았어. 내 환경이 그러니 주변 친구들도 비슷했지. 공부가 싫어서 대학에 진학하지 않는 아이는 있어도, 동창들은 거의 다 진학했어. 여자라서 공부할 필요가 없다고 생각하는 부모면 대도시에서 학교에 다니게 하지도 않았겠지. 나는 역사교육학과에 들어갔어. 교사를 하고 싶었던 건 아니고, 정확하게 말하면 무엇을 하고 싶다는 생각도 없었고, 그저 역사가 좋아서 갔더니 사범 학부였던 거야.

나는 열정이 없나 봐. 젊은 날에 꿈이 없었어. 1970년대니까 민주화 운동이 한창이었는데 정치도 몰랐고 데모로 휴강하면 그런가 보다 했어. 그저 책 읽고 영화 보고 공부하고 친구들과 놀러 다니는 게 다였지. 하다못해 연애라도 해볼 걸,

그것도 안 했어. 미팅도 몇 번 나갔는데 마음에 드는 남자가 없더라고. 결핍도 없었지만 욕망도 없었어. 우리 세대 여자 중에는 나 같은 사람이 좀 있지 않을까? 나만 그렇지는 않았을 것 같은데. 그 시절에도 대단한 여자가 있긴 했겠지. 자수성가해서 집안을 일으킨 여자도 있었을 테고, 뛰어나게 명석해서 유리천장을 깨는 여자도 있었을 테고, 사회를 바꾸고 싶어서 시위에 뛰어드는 여자도 있었을 거야.

하지만 나도, 내 주변 여자들도 졸업하면 결혼하는 걸 수순으로 여겼어. 취직하더라도 결혼 전에 잠시 거치는 과정쯤으로 생각했고. 가끔 그런 친구들도 있었어. 의사든 변호사든 사(士) 자 직업 가진 남자만 만나겠다는 친구들, 부잣집에 시집가서 호의호식하고 '사모님' 소리 듣겠다는 친구들. 반면 결혼하고도 자기 일을 유지하려고 애쓰는 친구들도 있었어. 하지만 아이가 생기면 대부분 그만두더라. 나는 남자 덕을 보겠다는 생각도 없었지만 내 일을 가지려는 시도도 안 했으니 그 친구들의 마음이 어땠는지 몰라. 정말 아무 의식이 없었어.

이제야 그런 생각이 들어. 참 수동적으로 살았구나, 열정도 야망도 없었구나, 살림하고 시부모 모시고 남편 내조하고 아이 키우는 게 전부인 줄 알았구나. 다르게 사는 여자도 있었겠지만 나에게는 잘 보이지 않았어. 내가 봤던 여자 어른은 대부분 누구의 아내이고 며느리이고 엄마였으니까. 나도 그게 여자의 역할이자 의무인 줄 알았지. 그렇게 살다 보니 아무것도 아닌 사람이 되었네. 돌아가고 싶다는 건 아니지만 인생에서 가장 좋았던 시기를 꼽으라면 그때인 것 같아. 학생이었던 시절, 누구의 아내도 며느리도 엄마도 아니었던 시절, 내가 그저 나였던 시절.

아무것도

나를 완전히

꺾지는 못했다

1979년 여름, 엄마는 '육아일기'라는 제목으로 태어나지 않은 첫아이에게 편지를 쓰기 시작했다. 편지는 매일 이어지다가 아이가 태어나고 1여 년 뒤 예고 없이 중단된다. 엄마가 일기장을 보여주었을 때 나는 열 살 무렵이었다. 일기는 단 한 번 읽었다. 엄마는 다시 글을 보여주지 않았고 나도 보여 달라고 말하지 않았다. 이제 일기장의 행방은 모른다.

편지의 내용은 거의 기억나지 않는다. 다만 이 문장만 또렷하다. "너는 평범한 사람이다. 앞으로도 평범한 사람으로 살기 바란다. 무난하고 평범한 삶이 행복한 거란다." 이 문장을 기억하는 이유는 그 조언에 반감을 느꼈기 때문이다. 나에게 특별한 재능이 있다고 믿었다. 대단하고 뛰어난 사람이 되어 선망과 찬사를 받는 삶을 살고 싶었다. 어린 시절 피아노와 발레를 배우면서 세계적인 피아니스트나 발레리나가 되리라 다짐했다. 불가능한 일이라고 생각하지 않았다. 원하는 것을 이루지 못할 거라고 의심하지도 않았다. 유명 인사로 사는 꿈은 어린 시절 누구나 하는 상상일까, 아니면 나만의 유난한 몽상이었을까?

엄마의 표현을 빌리면 나는 "나대는" 아이였다. 더 나쁘게 표현하면 "설치는" 아이였다. 노래를 부를 기회가 생기면 내가 노래를 잘한다는 확신에 차서 앞으로 나섰고, 선생님이 발표할 학생을 찾으면 문제를 맞히겠다는 의욕에 부풀어 팔을 높이 들었다. 나는 무엇이든 해낼 수 있다, 그냥 해내는 정도가 아니라 '잘' 해낼 수 있다. 엄마가 걱정한 점은 바로 그것, '특별한 사람'이라는 나의 자아상이었다. 또 한 번 엄마의 표현을 빌리면 엄마는 나를 "꺾으려" 했다. 과도한 자신감과 고집스러운 성격을 가진 "나대는" 여자아이는 "꺾어야" 한다. 이것이 나의 아동기에 엄마가 일관되게 가졌던 교육적 신념이다. 오랜 시간이 지나서 나는 왜 그래야 했느냐고 물었다. 엄마가 말이 없기에 다시 물었다. "여자아이라서?" 엄마가 대답했다. "응, 여자아이가 나대면 미움받으니까." 잠시 뒤 엄마가 말했다. "미안해."

이제 와서 엄마에게 왜 나를 특별하게 대해주지 않았느냐고, 더 많이 칭찬하고 격려하지 않았느냐고 불평하고 싶지 않다. 여성에게 가해지는 압력을 모르는 체하고, 여성성에 대한 협소한 정의를 모르는 체하고, 여성이 받아들여야 했던 불합리한 가치관을 모르는 체하고 문제의 원인을 한 사람에게 돌리고 싶지 않다. 엄마는 알고 있는 범위 안에서 최선을 다했다. 다음 세대 여성으로서 나의 의식과 차이가 있더라도, 엄마의 문제라기보다 시대가 가진 여성상과 양육관의 한계일 것이다. 엄마는 나를 "꺾었다"고 표현하지만 당시에는 '꽃 피우는' 일이라 생각했을 것이다. 엄마에게 여성의 일생이란, 특별한 사람으로 고독하게 지내는 삶과 평범한 사람으로 원만하게 지내는 삶으로 이분되어 있었고, 양자택일해야 한다면 후자가 더 행복한 삶이라고 믿었다.

⌂

엄마의 이야기는 "나는 평범했어."로 시작한다. '평범하다'는 엄마가 스스로에 대해 자주 사용하는 말이다. 엄마에게는 직관적인 자기 인식일 테지만 '평범함'이란 언어는 무엇을 함의하는가? 우리는 어떤 사람, 어떤 인생을 '평범하다'고 정의하는가? 모두가 스스로 '평범한 사람'이라고 여긴다면 이 언어가 배제하는 사람, 즉 '평범하지 않은 사람'은 누구인가?

나는 평범함으로 뭉뚱그려진 자화상 안에 우리의 특권과 차별이 은폐되어 있지 않은지 의심한다. 한 사람 안에 공존하는 약자로서의 정체성과 수혜자로서의 정체성이 혼재되면서 정확한 자기 인식을 방해하고 있지 않은지 의심한다. 엄마가 성장했던 1960년대에는 지금보다 성평등 인식이 훨씬 낮았고 남아 선호¶가 만연했다. 남아 선호 사회에서 딸은 집안의 소득원으로 생활비를 보태고 남자 형제의 학비를 댔다. 엄마 또래의 많은 소녀가 식모로, 버스 안내양으로, 공장 노동자로 생활전선에 뛰어들던 시절에 "집안이 넉넉한 편이고 아버지가 깨인 사람이어서 아들, 딸 구분 없이 대학까지 보냈"다는 것, "결혼 전에는 내가 여자라서 차별받는다고 생

¶ '남아 선호'와 '사상'을 한 단어처럼 붙여 쓰는 경우가 많지만, 부계 중심주의의 남아 선별적 현상을 '사상'이라는 논리적 의식 체계로 가장하는 것은 부적절하다. 또한 '남아 선호'는 '여아 불호'의 다른 말로서 여자아이에게 태어남과 동시에 죄책감과 자기부정의 감정을 가지게 했고, 심지어 선택적 임신 중지로 수많은 여아가 태어나지도 못하게 만들었다.

각한 적이 없"다는 것, "중학교를 졸업하면 고등학교에 가고 고등학교를 졸업하면 대학에 가는 게 당연한 줄 알았"다는 것은 특권이라 할 만하다.

결혼 후 엄마는 30년에 가까운 시집살이를 하며 **목소리**와 **자리**가 없는 존재로 살았다. 엄마는 시가에서의 노동과 위치를 불평등한 일로 여기기보다는 그 시절 여자의 '평범한' 삶이라고 생각했다. 평범함이 다수성이라면 수많은 여성에게 부과되는 역할과 의무를 당연한 일로 받아들여야 할 것이다. 문제 제기가 가능해지는 것은 당연하게 보이는 일을 자연스럽게 여기지 않을 때다. 결혼 전에는 특혜받은 여성, 결혼 후에는 차별받는 여성, 그것이 내가 보는 엄마였다. 엄마가 자신을 두고 평범하다고 말할 때마다 나는 엄마 스스로가 지워버린 특혜와 차별을 떠올리지 않을 수 없었다.

엄마처럼 원가정에서 유리한 조건을 가졌던 여성이 반드시 높은 사회적 지위를 보장받았다고 말할 수는 없다. 교육제도에서 소외된 여성과 명백한 차이는 있으나 교육받은 여성도 가부장제의 수혜자는 아니었다. 고등교육이라는 특권을 쥔 여성 가운데 다수는 "졸업하면 결혼하는 것을 수순으로 여겼"고 노동 시장 대신 결혼 시장으로 진출했다. "의사든 변호사든 사(士) 자 직업 가진 남자만 만나겠다는 친구들, 부잣집에 시집가서 호의호식하고 '사모님' 소리 듣겠다는 친구들"이 알려주는 것은 당대 여성의 태만함이나 무능력이 아니다. 여성의 지위는 개인의 성취가 아니라 남편과 시가의 계급으로 결정되었다는 사실이다. 여성이 주체적이지 않은 것이 아니라 사회가 주체적이지 않은 여성을 원했다.

이런 구조의 한편에는 소위 '순이'가 있고, 다른 편에는 이른바 '청담동 며느리'가 있다. 현재까지 여성을 지칭하는 대명사로 접미어처럼 사용하는 '순(順)'이는 '순하다', '도리를 따르다', '좇다', '잇다', '거스르지 아니하다'의 의미를 지닌다. 과거 여성의 이름에 '순' 자가 많았던 이유도 한자의 의미로 짐작할 수 있다. 지아비를 따르고 집안을 섬기며 전통을 잇는 '순한 여자', 그것이 남성사회가 바라는 여성상이었다.[1] 훗날 강남 개발과 함께 등장한 '청담동 며느리'는 여성이 도달할 수 있는 최상층 계급에 대한 상징이자 부동산, 가족주의, 학벌, 계급 재생산과 연관되는 언어다.[2] '청담동 며느리'에 이은 '대치동 엄마'도 상류층 여성에 관한 표상이 한국 사회의 고질적 문제와 연관되어 있음을 시사한다.

"우리 세대 여자 중에는 나 같은 사람이 좀 있지 않을까? 나만 그렇지는 않았을 것 같은데."라는 엄마의 말에서 나는 동의를 구하고 싶어 하는 마음을 읽는다. 나만 "수동적으로"

살았던 것은 아닐 거라고, 나만 "열정도 야망도 없었"던 것은 아닐 거라고, 세상의 수많은 여자 가운데 오로지 나만 "살림하고 시부모 모시고 남편 내조하고 아이 키우는 게 전부인 줄 알았"던 것은 아닐 거라고 믿고 싶은 마음을 읽는다.

⌂

나보다 앞 세대 여성으로서 더 보수적인 사회에서 자란 엄마가 딸에게 해줄 수 있는 조언은, 그러므로 이런 말이 될 수밖에 없었다. "너는 평범한 사람이다. 앞으로도 평범한 사람으로 살기 바란다. 무난하고 평범한 삶이 행복한 거란다." 갓 태어난 여자아이에게 건네진 이 말에는 평범함과 행복함이 등가에 놓여있다. 비범하거나 선구적인 여성이 불행해진다는 편견은 오래되었다. 기성 체제에 반기를 든 여성은 같은 여성에게조차 외면당했고, 사회적으로 단죄되거나 고립되었다. 평범함과 행복함을 나란히 놓는 사고방식에는 앞서가는 여성은 미치거나 죽는다는 소위 '나혜석 콤플렉스'가 여전히 자리하는 듯하다.

'평범한 여성의 삶'을 구체적으로 풀이하면 시스젠더 헤테로섹슈얼로서 결혼 제도권에 편입하는 것, 일정 수준 이상의 사회적 지위를 갖춘 남편과 자녀를 두는 것, 중산층에 안착하는 것, 비장애인으로 살아가는 것 등이 아닐까 싶다. 그러나 이것이 평범성이라면 미디어가 '노출'하는 동시에 '누락'하는 삶을 '평범한 삶'과 동일시하는 것이다. 평범함은 정체성, 가족 형태, 경제적 배경 등의 다름을 무시한 채 남용된다. 모두가 스스로 평범하다고 말한다면 우리가 추구해야 할 평등의 가치는 어디에서 배회하고 있을까?

'평범하지 않음'은 '특별함'이나 '비범함'일 수도 있고 '비보편성'이나 '소수성'일 수도 있다. 딸이 평범하게 자라기를 바라는 마음에는, 선구적이고 투쟁적인 사람으로서 질투와 공격의 대상이 되지 않기를 바라는 마음과 소수자로서 차별과 배제의 대상이 되지 않기를 바라는 마음이 공존하는 듯하다. 평범해지고 싶은 소망, 혹은 스스로가 평범하다는 믿음의 기저에는 더하지도 덜하지도 않은 삶에 대한 갈망, 정상성과 표준성에 대한 강박, 비주류에 대한 두려움, 심지어 혐오가 자리하는지 모른다.

평범함이 '중도'에의 지향이라면 중도의 의미를 되새길 필요가 있다. 중도의 사전적 뜻은 "어느 한쪽으로 치우치지 않는 바른길"이지만 "어느 한쪽으로 치우치지 않는" 것이 가능할까? 또는 가능하더라도 "바른길"일까? 어느 편으로도 치우치지 않고 어느 곳에도 속하지 않는 중도는 허상이 아닐까? 비슷한 말로 '중립'은 어떨까? 사전적 의미는 "어느 편에도 치우치지 않고 중간적인 입장에 섬, 또는 그런 입장"이지만 다른 조건과 상황을 가진 모두에게 적용할 수 있는 공정한 처신이 가능할까? 두 언어에서 반복되는 "어느 편에도 치우지지 않"음은 기울어진 운동장에서 균형을 잡는 일이 아니라 기울어진 상태를 방관하는 것, 기존 질서에 가담함으로써 기울기를 더 기울이는 것이 아닐까?

학교라는 작은 사회에서 나는 나대는 아이가 미움의 대상이라는 사실을 반복적으로 학습했다. 아이들이 가장 싫어하는 아이는 남을 괴롭히는 아이도, 못된 장난을 치는 아이도 아닌 '잘난 척하는 아이'였다. 여자아이가 잘난 척하면 특히 더 싫어했는데 그런 여자아이는 관습적 여성성, 다시 말해 생물학적 여성성과는 관련이 없지만 문화적으로는 '그래야 한다'고 여겨지는 여성성에 부합하지 않기 때문이다. 결국 엄마가 옳았다. 사람들은 나대고 고집 센 여자아이를 잘난 척한다며 싫어한다. 몇 번의 따돌림을 겪고서야 나는 이 사실을 겨우 깨우쳤다. 아는 문제가 나와도 손 들지 않았다. 자랑으로 느껴질 만한 이야기도 삼갔다. 선생님의 질문에 아무도 대답하지 않으면, 선생님이 교실을 둘러보다 나를 지목하면, 그제야 수

줍어하거나 민망해하며 답을 알고 있는 것이 잘못이라는 표정으로 마지못해 대답했다. '평범해지기'. 그것은 '잘난 척하지 않기'이기도 했지만 '몸 사리기', '튀지 않기', '남들과 비슷해지기', '자신을 보이지 않게 만들기'라는 의미이기도 했다.

내가 초등학교에 다니던 1980년대, 우리 학급 교사가 남자아이에게만 회장에 출마할 기회를 주었던 일이, 그래서 나는 부회장을 맡았던 일이 나에게 어떤 영향을 미쳤을까? 교실에서부터 성별을 구분하여 시행했던 여러 관행과 교육은 또 어떤 영향을 미쳤을까? 세계 위인전집에 남성의 비율이 훨씬 높았던 것, 문학전집의 저자와 주인공 또한 압도적으로 남성이었던 것, 화폐에 그려진 인물이 모두 남성이었던 것은 어떤 메시지를 주었을까? 선거 기간에 담벼락이 남성 정치인의 포스터로 도배되어 있었던 것이, 저녁 뉴스에 등장하는 유명 인사가 남성이었던 것이, 그래서 공적 장소에 어쩌다 '불쑥' 여성이 나타났을 때 의아함을 느꼈던 것이 어떤 인식을 지니게 했을까? 그런 경험의 축적이 나를 더 작게, 희미하게, 보이지 않는 존재로 여기게 만들지 않았을까? 상황이 달랐으면 세상으로부터 존중과 지지를 받고 있다고 느꼈을까?

남자아이에게는 적극적이고 활동적이고 용감할 것을 장려하면서 여자아이에게는 차분하고 얌전하고 고분고분할 것을 요구하는 경우를 본다. 평범함을 미덕으로 여기는 사회에서 얼마나 많은 아이가, 특히 여자아이가 피기도 전에 꺾여버렸을지 생각한다. 자의식이 강하고 문학과 영화를 사랑하던 소녀, 학창 시절 선생님이 "네 이름으로 뭔가를 하고 있을 줄 알았"던 소녀가 결혼 제도권 안에서 자신을 "아무것도 아닌 사람"으로 정의하며 노년 여성이 되는 일도, 자신만만하고 고집스러운 소녀가 자기 검열과 자기 불신에 시달리는 불안한 중년 여성이 되는 일도 그렇게 이루어진 것이 아닌가 생각한다.

나의 어린 시절과 젊은 시절은 평범함을, 리베카 솔닛의 표현을 빌리면 '소멸하는 방식'을 깨우치는 여정이었다. 집단에서 잘난 척하는 사람으로 낙인찍히지 않는 것은 기본이었다. 남의 기분을 상하게 하지 않는 법, 말하고 싶을 때 말하지 않는 법, 말하고 싶지 않을 때 말하는 법을 배웠다. 자기주장을 내려놓는 법을 배웠고, 상냥한 표정을 짓는 법을 배웠고, 눈치를 살피는 법을 배웠다. 중요한 것은 간절히 '싫다'거나 '안 된다'고 말하고 싶은 상황에서 부드럽게 거절하거나 어쩔 수 없이 순응하는 법을 배웠다는 점이다. (그러나 많은 경우 완곡한 거절은 거절로 받아들여지지 않았고, 그것은 불운한 사건들로 연결되었으며, 나는 폭력에 대한 트라우마를 가지게 되었다.) 이것은 여성이 겪어야 하는 필연적인 사회화인지도, 남이 원하는 모습이 됨으로써 자아를 분열시키는 일인지도, 자의식이 결여되는 과정인지도, 자신을 축소하는 방식인지도, 혹은 그 모든 것이거나 그 이상의 것인지도 모른다.

성인이 되어서도 내가 수많은 차별과 폭력을 마주해야 했다면, 타인이 나의 육체와 정신을 침범하는 일을 반복해서 겪어야 했다면, 그리하여 수없이 꺾이고 꺾여야 했다면 나에게 진정으로 필요한 것은 그럼에도 불구하고 꺾이지 않는 힘, 나를 나답게 지키기 위해 저항하는 힘이었다. 어릴 때는 그 힘을 획득할 방법을 알지 못했고 훗날에야 이야기-글쓰기라는 방식으로 그 힘에 다가가려고 노력했지만, 그 전까지 나는 여러 번 꺾이고 꺾일 터였다. 지금도 생각한다. 더 평범해지고 덜 미움받으려고 노력하는 과정에서 내가 잃은 것에 대해, 평범함이라는 언어가 소외시키거나 배제하는 정체성에 대해, 존중받지 못한 개별성에 대해, 모두가 같거나 비슷해지기를 원하는 사회에서 낯선 존재로, 이방인으로 살아갈 수밖에 없는 이에 대해. 이제 나는 무엇이든 해낼 수 있다고, '잘' 해낼 수 있다고 믿지 않는다. 그러나 평범한 사람이 되어야 한다고, 평범함이 곧 행복함이라고 믿지도 않는다. 결국 아무도, 아무것도 나를 완전히 꺾지는 못했다.

두 번째 앨범

실어의 시간을 경유해 다른 목소리로

할머니와 아빠가 정말 좋은 사람들이잖아.

하지만 좋은 사람들과 살아도 집안에서 내 위치가 그랬어.

대소사에 관여할 수도 없고,

상의할 상대도 아니고,

중요한 결정에 의견을 말할 수도 없는,

아무것도 아닌 사람.

아빠가 엄마에게 무심한 것 이상으로

엄마도 아빠에게 무심했다.

그런데도 나는

왜 엄마가 아빠에게 사랑받지 못한다는 데 안달했을까?

이제 막 삶을 시작한 어린아이가

낡은 관념에 사로잡혀 있었던 것은

나만의 일이었을까?

있지만

없는

사람

대학 4학년 때 중매로 아빠를 만났어. 맞선 당사자들만 만나기도 하고 상견례처럼 부모를 모시고 나가기도 하는데, 우리는 가족이 같이 봤어. 아빠 집에서, 그러니까 할아버지가 그렇게 하자고 했던 것 같아. 우리 부모님이 서울로 이사하신 뒤여서 큰언니와 형부가 같이 나갔어. 내가 언니의 신혼집에서 학교를 다니고 있었거든. 약속 장소는 금호호텔 커피숍이었는데 아빠 쪽에서 먼저 와서 기다리고 있었어. 아빠의 첫인상은 좀 무서웠다고 해야 할까? 이목구비도 뚜렷하고 풍채도 있으니까.

할아버지는 미소도 지어주시고 인자한 것 같았는데 할머니가 차가워 보였어. 입술을 꼭 다물고 새초롬하게 앉아서 나를 힐끗 쳐다보더니 아무 말씀도 안 하시데. 할아버지와 형부가 주로 이야기했어. 아빠와 나는 한마디도 안 했어. 얼마 뒤 우리 아버지가 볼일을 보러 대구에 들렀는데 "지난번에 맞선 본 사람, 내가 한번 보자." 그러는 거야. 두 번째 만날 때는 나랑 아빠, 두 아버지 이렇게 넷이 만났어. 그날도 아빠랑 한마디도 안 했어, 아버지들끼리만 이야기하고.

맞선 본 일을 잊고 있었는데 어느 날 학교에 다녀오니까 언니가 "너한테 혼서지가 왔어." 그러는 거야. 혼서는 결혼 전에 신랑 측에서 신붓집에 보내는 편지야. 신랑의 본관, 성명, 생년월일, 출생 시간을 적고 '따님을 우리 아들의 배필로 허락해주셔서 감사합니다.'라는 인사말을 적은 글. 내가 언니에게 그랬어. "무슨 소리야? 나 결혼할 사람 없는데." 서울에 계시던 아버지에게 전화를 걸었더니 그러기로 했다는 거야. 두 아버지가 의기투합해서 혼인을 결정했대, 나도 모르는 새.

내 세대에는 연애결혼하는 사람도 꽤 있었고 중매로 결혼해도 완전히 모르는 상태로 하지는 않았는데, 큰언니와 작은언니도 연애해서 결혼했는데, 엄마 세대 여자처럼 열 몇 살에 얼굴도 못 보고 결혼하는 시대도 아니었는데, 이상하지,

결혼해야 한다니까 그런 줄 알았어. 누가 강압한 것도 아니고 내가 싫다면 그만이었는데 말이야.

학업이든 진로든 내 마음대로 결정했어. 나도 주관이 있고 생각할 줄 아는 사람이었어. 그런데 결혼만큼은, 내 인생에서 가장 중요한 선택은 집에서 시키는 대로 했던 거야. 교생실습을 나가고 있었는데 굉장히 짜증스러운 상태였어. 교생실습 때문이 아니라, 원하지도 않으면서 결혼을 기정사실로 받아들이고 있는 나 자신이 짜증스러웠어. 언니가 무슨 이야기하면 신경질 내고 친구들을 만나도 삐딱하게 굴었던 기억이나. 결혼식 당일까지 내 기분이 그랬어. 아, 짜증 난다.

약혼하고 아빠와 두어 번 만났어. 데이트라면 데이트일까? 수성구에 있는 관광호텔 레스토랑에서 스테이크를 먹었어. 아빠가 과묵하기도 하지만 이따금 무슨 이야기를 하면 이해를 못 하겠더라고. 이상하다, 한국말로 이야기하는데 왜 못 알아듣겠지, 그런 생각을 했어. 경험, 성격, 사고방식, 가치관이 다르면 같은 말로 이야기해도 이해할 수 없는 거야. 아빠와 나는 안 맞는 사람들이었던 거지. 그때는 그런 줄도 모르고 왜 못 알아듣겠지, 저게 무슨 소리지, 의아해했어. 결혼하고도 한동안 소통이 안 됐어. 지금은 아빠가 개떡같이 말해도 찰떡같이 알아듣지만.

이야기를 들어보니까 이 사람은 회사 다니거나 남의 밑에서 일한 적이 없더라고. 할아버지가 사업에 성공해서 어릴 때부터 집안이 부유했던 데다 맏아들이잖아. 할아버지가 아들을 많이 원하셨는데 큰고모와 작은고모가 태어나고 그다음에 아빠, 아빠 밑으로 또 막내 고모잖아. 삼촌들은 나중에 태어났고. 맏아들이자 한동안 유일한 아들로서 항상 특별대우를 받았던 거야. 아빠는 구미 아파트에 혼자 살면서 할아버지의 건물을 관리하고 있었어. 요즘으로 치면 쇼핑몰이라고 해야 하나, 여러 가게가 입점해 있는 할아버지 소유의 상가건물이 구미에 있었는데 아빠가 관리자였던 거야.

두 번째 만났을 때 자기가 사는 데를 구경시켜준다기에 아빠 차를 타고 구미 아파트에 갔어. 가서 뭐 하긴, 아무것도 안 했어. 커피를 마셨나, 이야기했나. 대화라고 해봤자 중요하지도 않은 내용이었을 거고 서로 말이 통하지도 않았을 거야. 한 가지 기억나는 건 아빠가 먼저 집에 들어서면서 현관문을 열어놨던 것. 닫힌 공간에 둘만 있지 않도록 문을 열어뒀어. 내가 무서워하지 않게 배려해준 거야. 아빠가 어떤 사람인지 파악한 건 결혼하고 한참 뒤의 일이야. 성격이 어떤지, 무슨 생각을 하는지 아무것도 몰랐어. 하다못해 시누이가 셋, 시동생이 셋이나 있는 집의 맏며느리가 되는 거니까 보통 일이 아니겠다, 이런 것도 따지지 못했어. 상황에 휩쓸려 아무 판단도 하지 못했어. 그저 짜증 난다는 감정밖에.

⌂

1978년 11월에 결혼하고 1979년 3월까지 대구 북성로 시댁에서 살았어. 그다음에는 아빠가 살던 구미 아파트에서 신혼 생활을 시작했고. 결혼 후 당분간 시댁에서 지내라는 건 할머니의 지시였어. 집안일을 가르쳐야 한다고 생각하셨나 봐. 둘째 삼촌이 고등학교 3학년, 막냇삼촌이 고등학교 2학년이었는데 새벽 4시 30분에 일어나서 도시락을 쌌어. 그 전까지 내가 밥이나 해본 적이 있었겠니. 전기밥솥을 사용했는데 눈금이 있는지 없는지도 모르겠고 (손등을 가리키며) 여기까지 밥물이 차면 된다는데 확실치가 않아서 손을 열두 번도 더 넣었다 뺐다 하면서 밥을 지었어. 할머니 나이도 쉰서넛밖에 안 되었을 때인데 졸업하고 갓 시집온 며느리가 뭘 할 줄 안다고 새벽부터 아들들 도시락을 싸게 했는지.

삼촌들을 등교시키면 일과가 시작되었어. 하루 종일 집안일하고 시부모님 시중드는 거야. 가사 일을 돌봐주는 먼 친척 형님이 한 분 계셨어. 내가 살림을 잘 모르니까 그분이 주도하고 나는 보조 역할이었지. 북성로에 산 지 한 달쯤 지났을 때 몸이 너무 아팠어. 사랑니가 났는데 얼굴이 심하게 부어서 입이 세로로, 일자로 완전히 돌아가 버렸어. 사랑니를 앓고 나서도 한동안 열이 펄펄 끓고 온몸이 부서지듯이 아프더라. 나는 생병이 난 거라고 생각해. 결혼하고 집 밖으로 한 번도 못 나갔거든. 바깥바람을 쐬어봤자 마당에 일하러 나가는 정도.

나도 가고 싶은 곳에 가고 만나고 싶은 사람을 만났는데, 친구를 사귀고 책을 읽고 영화를 보고 여행을 다녔는데, 하루아침에 시댁의 집과 마당이 세상의 전부가 된 거야. 새벽부터 한밤중까지 집안일하고 시부모님 시중들고 시동생들 챙기는 게 일상의 전부가 된 거야. 견딜 수 없는 구속감이 밀려왔어. 자유로운 생활은 끝났구나, 마음대로 할 수 있는 일은 아무것도 없구나, 꼼짝없이 갇혀서 일만 해야 하는 신세가 되었구나. 그걸 깨달은 순간 생병이 난 것 같아. 그래도 첫 번째 시집살이는 5개월이 안 돼서 끝났어.

1979년 봄에 임신한 몸으로 구미 아파트에 들어갔어. 아빠가 결혼 전부터 살던 집. 그곳에서는 많이 울었어, 너무 외로워서. 야간통행금지가 있었는데 아빠는 항상 그 시간에 들어왔어, 술이 잔뜩 취한 채로. 주말에도 아침 일찍 나가서 통금 때가 되어야 들어왔어. 어디를 간다거나 누구를 만난다는 말도 없었어. 낚시를 가든 술을 마시든 친구들과 놀고 있었겠지. 낯선 도시에서 낯선 남자와 사는데 그 사람조차 옆에 있지 않으니 너무 외로운 거야. 배는 점점 불러오는데 이래서 어떻게 같이 사나 싶고 매일 스트레스를 받았어. 네가 예민한 것도 나 때문이 아닐까? 내가 태교를 잘못해서, 너를 가졌을 때 심하게 스트레스를 받아서…….

하루는 무작정 밖으로 나갔어. 낙동강 변에 있는 아파트라 풍경이 좋았어. 강가를 하염없이 걷다가 버스를 탔어. 구미역도 지나가고 중앙통도 지나가더라. 살 것도 없는데 중앙시장에서 내렸어. 여기저기 기웃거리다 보니 그릇 가게에 사람들이 잔뜩 모여있었어. 개업 행사를 하는 중인데, 배우 원미경 있잖아, 그 사람이 가게를 홍보하러 왔더라고. 다들 연예인 구경하러 몰려든 거지. 나도 사람들 틈에 끼어서 원미경을 한참 바라봤어. 아마 나보다 네댓 살 적을 거야. 얼굴이 정말 조그맣고 이목구비가 오목조목하더라. 학창 시절에도 연예인에게 관심이 없었는데 그 자리에 한참 서 있었던 걸 보면 어지간히 심심했나 봐.

임신한 동안 혼자 버스를 타고 목적지도 없이 돌아다녔어. 한번은 김천 직지사가 종점인 버스를 탔는데 시골 마을로 한참 들어가는 거야. 장날이었나 봐, 사람이 얼마나 많던지. 배가 나와서 몸은 무겁고, 버스 안은 흙냄새와 땀 냄새가 진동하고, 승객은 바글바글하고, 날은 덥고, 토악질이 나고, 도저히 견딜 수가 없어서 어디인지도 모르는 시골길에 내렸어. 그 자리에서 한참 구역질하다가 반대편에 가서 버스를 타고 돌아왔어. 언젠가는 대구 큰언니 집에 갔다가 서부정류장에서 무작정 해인사행 버스를 탄 적도 있어. 봄날 휴일이었던 것 같아. 꽃구경 나온 사람이 무척 많았어. 인파 속에 덩그러니 서 있는데 너무 서럽더라.

오랫동안 아빠는 그랬어. 내가 있어도 없는 사람으로 취급했고, 집에 있지 않으려고 작정한 사람처럼 나를 혼자 뒀어. 시간이 흐른 뒤에 아빠에게 물었어, 왜 그렇게 밖으로만 나돌았느냐고. 아빠 말이, 집에서 누가 기다리고 있다는 생각만으로도 구속감이 들어서 못 견디겠더래. 아빠는 자유분방한 사람이잖아. 아무에게도 얽매이지 않고 남의 말도 듣지 않잖아. '구속감'이라는 말에 아빠를 이해했어. 상황은 다르지만 그게 뭔지 아니까. 북성로에서 느꼈던, 생병이 날 만큼 나를 괴롭혔던 감정을 아빠도 느꼈다는 거니까.

옆에 있어도 대화를 안 했어. 심지어 다투지도 않았어. 싸움도 '같이'해야 하잖아. 내가 뭐라고 하면 이 사람은 가만히 있는 거야. 대꾸도 안 할뿐더러 들은 척도 안 해. 상대가 받아 주질 않으니 어떡해. 나 혼자 똑같은 소리를 되풀이할 수도 없고, 싸움이 안 되는 거야. 그 무렵 옆집 여자가 그러더라고, 부부 싸움을 한바탕하고 나면 스트레스가 풀린다고. 그 말이 뭔지 알겠더라. 분노든 서운함이든 터뜨리고 나면 시원하지 않을까, 마음속에 억누르고 있는 것보다는 낫지 않을까, 하지만 그게 안 되니까 나도 입을 다물어버렸어. 결국 둘이 아무 이야기도 안 하게 되었지, 오랫동안.

아빠만이 아니라 시댁 사람들은 나를 '없는 사람'으로 여기는 것 같았어. 거의 일주일에 한 번씩 북성로 시댁에 갔는데, 경조사가 있거나 서울에서 시누이들이 오면 나만 집에 두고 다 같이 놀러 가는 거야. 할아버지가 너를 예뻐해서 네가 걸음마를 시작한 뒤에는 너까지 데려가고. 차에 탈 수 있는 인원이 한정적이기도 하고, 나도 집에 있는 게 편했어. 혼자 집 지키다가 저녁이 되면 식사 준비했어. 가족들은 집에 들어오자마자 빨리 밥 달라고 성화를 부리고, 어떨 때는 자기들끼리 밥 먹고 들어오고. 나도 가족인데 일하는 사람으로만 여기는 것 같아서 불만스럽고 속상했지만 나만 그런 대우를 받은 건 아닐 거야. 내 세대 며느리는 대부분 그렇지 않았을까? 가족이라기보다는 집안일 하는 사람, 있어도 없는 사람.

1979년 9월에 너를 출산하고 11월에 할아버지 생신이 있었어. 결혼하고 처음 맞는 시아버지 생신이었지. 이틀 전에 너를 업고 시댁에 갔어, 잔칫상 준비하러. 집에 들어서자마자 눈물이 쏙 빠지게 할머니에게 혼났어. 늦어도 일주일 전에 와야지, 이틀 전에 왔다고. 할머니 옆에 막내 고모가 앉아있었는데 두 사람 앞에서 너를 안고 한참 혼났어. 눈물이 나려고 하는데 울면 더 혼날까 봐 울지도 못하겠더라고. 실컷 야단을 맞고 나서 준비해간 봉투를 드렸어. 5만 원을 넣었는데 요즘으로 치면 몇십만 원쯤 되지 않을까 싶어. 할머니가 봉투를 힐끗 보더니 그러셨어. "마당에 녹두 담가놨으니까 씻어라."

마당에 나갔더니 엄청나게 큰 고무 대야에 녹두가 가득 담겨 있었어. 너 녹두 씻어본 적 없지? 씻어도, 씻어도 껍질이 끝없이 나오거든. 빡빡 문질러서 껍질을 다 벗겨내야 해. 녹두를 씻고 껍질을 벗긴 다음에 알맹이만 갈아서 빈대떡을 만드는 거야. 그런데 한 그릇도 아니고 한 대야잖아. 세숫대야 같은 게 아니라 무지하게 커다란 고무 대야였단 말이야. 수돗가에 쪼그려 앉아서 찬물에 녹두를 씻는데 온몸이 덜덜 떨리는 거야. 11월이니까 추위가 시작될 때인데다 아기 낳은 지 얼마 안 됐으니까 쇠약해서 그랬겠지. 내가 일 요령이 없어서인가, 껍질이 나오는 모양새를 보니까 도저히 끝날 것 같지 않더라고. 손은 시렵지, 쪼그려 앉은 다리는 저리지, 몸은 사시나무처럼 떨리지, 언제 다 하나 싶어서 막막한데 할머니랑 고모가 시장에 간다고 나오셨어. 할머니가 내 앞을 지나가면서 봉투를 휙 집어던지시더라. "누가 이런 거 달라고 했나?"

내 나이가 스물다섯밖에 안 됐지만 어린 마음에도 납득이 안 가는 거야. 애초에 받을 생각이 없었으면 봉투를 드렸을 때 물리셔야지, 한참 있다가 그러는 건 봉투를 열어서 액수를 확인한 다음에 내팽개친 거잖아. 돈이 적어서 그런가, 더 많았으면 받으셨으려나 그런 생각이 들었어. 5만 원이 당시로선 적은 돈도 아닐뿐더러 나는 좀 억울했어. 아빠는 여유 있게 돈 쓰는지 몰라도 생활비를 안 줬거든. 아예 안 줬다는 게 아니고 알아서 주지 않았다는 거야. 내가 달라고 하면 그제야 얼마씩 주는 거지. 야박하거나 인색해서가 아니라—아빠가 그런 성격은 아니잖니—생활비를 준다는 개념 자체가 없었던 거야. 역시 쓸데없는 자존심이지만 나도 먼저 손 내미는 게 싫어서 돈 달라는 말을 안 했어. 아빠가 돈을 잘 쓰고 시댁이 잘 사는지 몰라도 나는 돈이 없었어. 시아버지 생신이라고 생활비를 한푼 두푼 모아서 가져간 건데 봉투를 얼굴에다 탁 던지니까 서럽더라고. 울면서 녹두를 씻고 또 씻고 그랬어. 40년도 더 지난 일인데 그 장면이 잊히지 않네.

△

1984년 3월에 할아버지가 뇌졸중으로 쓰러지셨어. 소식을 듣자마자 너희를 데리고 간단한 옷가지만 챙겨서 북성로로 갔어. 삼촌들이 입대해서 병시중 들 사람이 없었어. 이사한 건 아니지만 그때부터 시집살이가 시작된 거야. 계절이 바뀌면 옷을 가지러 구미에 잠깐 다녀가고. 요즘은 가사일 거들어주시는 분을 가사 도우미라고 하지만 그때는 파출부라고 불렀어. 북성로 집에도 그런 분이 계셨는데 할머니는 며느리가 파출부보다 일을 더 해야 한다고 생각하셨어. 정말이지 아침부터 밤까지 쉴 새 없이 일했어.

몇 달 뒤에 할머니가 서울 고모 집에 다녀오셨어. 아빠가 동대구역으로 할머니를 모시러 나갔다가 차 안에서 먼저 말을 꺼냈대, 구미 살림은 정리하고 북성로에 들어와 살겠다고. 나에게는 한마디 언질조차 없이 할머니에게만 말한 거야. 나는 아무것도 모르고 있는데 집에 와서 할머니가 말씀하셨어. "너희 영영 들어온다며?" 며칠 뒤 김치를 담그기로 한 날이었어. 아침에 배추를 들여놓고 정오에 너를 데리러 유치원에 갔어. 네가 좀 늦게 나와서 혼자 그네에 앉아있는데 착잡하더라고. 6, 7개월째 시부모님과 살고 있지만 우리 집이 있고 언젠가는 집으로 돌아갈 거라고 생각하는 것과 모든 걸 정리하고 시댁에 들어가는 건 다르니까.

20, 30분쯤 뒤에 너를 데리고 집에 갔더니 아주머니가 점심을 차리고 있더라. 그런데 할머니가 갑자기 화를 내시는 거야, 늦게 왔다고. 김치도 담가야 하고, 너희도 들어와 산다고 하고, 속 시끄러워 죽겠는데 늦게 왔다고. 눈물이 왈칵 쏟아졌어. 심란해도 내가 심란하지, 할머니가 더 심란하겠느냐 말이야. 내가 울자 할머니가 더 화를 내셨어. 늦게 온 주제에 찔찔거린다고. 할머니 몰래 2층 화장실에 올라가서 울었던 기억이 나.

이삿짐을 싸러 구미에 갔을 때 아빠에게 말했어. 어떻게 나에게 한마디도 없이 결정할 수 있냐고. 아빠가 그러는 거야. "부모님 두 분만 계시는데 '당연히' 들어가야지." "'당연히' 들어가더라도 나랑 미리 상의했어야지." 지금 생각하면 당연하지도 않아. 당연하긴 뭐가 당연해. 효도는 내가 할 건데 왜 자기가 당연해. 자기가 낮에 골프 치고 밤에 친구랑 술 마시는 동안 집에서 일할 사람은 나인데 뭐가 당연하냐고. 지금은 작은 것 하나도 다 상의하지만 젊을 때는 아빠가 그랬어.

나를 의논할 상대로 보지도 않았고 집에서 일하는 여자쯤으로 여겼지. 1984년 3월에 할아버지가 쓰러지고 10월에 이사했어. 그때부터 북성로 생활이, 30년에 가까운 시집살이가 시작된 거야.

시부모님은 1층에 사시고 우리는 2층에 살았어. 눈 뜨자마자 아래층에 내려가서 잠들 때까지 일했어. 할아버지 수발 들고 밥 차리고 설거지하고 빨래하고 정리하고 청소하고……. 할아버지의 증세가 나빠지면서 반신마비가 된 뒤에는 집안일을 하는 동시에 항상 대기 상태였어. 할아버지가 부르면 곧바로 달려가야 하니까. 물건도 가져다드려야 하고, 물도 떠다드려야 하고, 화장실도 같이 가야 하고, 옷도 입혀드려야 하니까. 친정에 간다거나 내 볼일로 외출하는 일은 상상도 할 수 없었어.

이따금 할아버지를 목욕시키러 경산에 있는 온천에 갔어. 객실에 개인 온천이 딸린 곳이었는데 나랑 삼촌이 욕탕에 함께 들어갔어. 며느리가 있으니까 할아버지도 벌거벗지는 못하고 반바지를 입으셨지. 내가 상체랑 여기저기 때 밀어드리고 나가면 마지막에 삼촌이 바지를 벗겨서 아랫도리까지 씻겨드렸어. 화장실에 볼일 보러 가실 때도 내가 따라가서 변기에 앉히고, 볼일을 마치면 옷을 입혀서 모시고 나왔어. 그래도 삼촌들이 제대하자 한결 나았어. 간병도 많이 도와줬고 너희와도 잘 놀아줬거든. 아빠? 아빠는 …… 두 가지를 했구나. 온천이나 운동 가실 때 운전한 것, 종종 할아버지가 좋아하는 음식을 포장해온 것. 그 둘은 잘했어, 그 둘만.

⌂

결혼한 지 7, 8년이 되었을 때 처음으로 '결심'을 했어. 그 전까지는 '주어진' 상황에서 '해야 하는' 일만 했거든. 내 결심이 뭐였냐 하면 **'포기하자'**. 뭘 포기하느냐 하면 이야기하는 것과 기대하는 것. 둘은 연장선상에 있는 거지. 이야기하는 것 자체가 다른 사람이 들어주고 알아주기를 기대하는 거니까. 기대와 실망을 반복하면 나만 아프고 괴로워진다는 걸 깨달았어. 아무에게도, 아무것도, 말하지도, 바라지도 말자. 그렇게 아빠, 할머니, 시댁 가족들에 대해 다 내려놨어. 그런데 너희만큼은 안 되더라. 자식 빼고는 진즉에 다 내려놨어, 고작 30대 초반에.

아빠와 대화하는 것도 그때 포기했어. 아빠는 나에게 "힘들지?"라거나 "고생 많다." 같은 말을 한 적이 없어. 이날 이때까지도 고맙다거나 미안하다고 한 번도 말하지 않았어. 그 세대 남자들이 다 그렇지. 그래도 거친 말을 하거나 폭력적으로 군 적은 없어. 자기가 힘들 때도 나에게 토로하지 않았어. 아빠는 아빠대로, 나는 나대로 각자 견뎠어. 아빠는 그런 사람이었고 우리는 그런 관계였던 거야. 이 사람도 얼떨결에 결혼해서 남편이나 아빠로서 준비가 안 되어 있었던 것 같아. 자기도 어떻게 해야 하는지 몰랐겠지. 다 포기하자, 다 내려놓자, 그렇게 생각하니까 평상심을 유지할 수 있었어. 그 전에는 하루에 열두 번씩 천국과 지옥을 오가는 기분이었거든. 내가 상처받지 않으려고 무심해진 건데 사람들은 몰라. 그저 좋은 며느리, 좋은 아내인 줄 알아. 사실은 내가 살려고 애정도, 관심도, 기대도 다 놓아버린 건데.

나를 지탱해준 건 그 결심과 자존심이야. 쓸데없는 데 자존심이 발동할 때도 있지만 이게 나를 강하게 만들기도 해. 북성로에 살 때 아빠랑 크게 싸운 적이 있어. 왜 싸웠는지는 기억이 안 나. 아빠가 분에 못 이겨서 선풍기를 벽에 던졌던 것만 기억나. 아빠가 평생 내 앞에서 했던 가장 폭력적인 행동이었지. 그런데 안 무서웠어. 움츠러들거나 기죽지도 않았어. 내가 훨씬 강하니까. 지금도 그렇게 생각해. 요즘도 아빠가 가끔 짜증 낼 때가 있거든. 내가 그래. "화내지 마. 건강에 안 좋아. 그리고 나 당신 하나도 안 무서워." 진짜거든. 할머니가 야단치면 섭섭하고 속상하긴 해도 위축되거나 주눅 들지는 않았어. 남이 나를 어떻게 대하든 나는 스스로를 존중하는 마음이 있었어. 시집살이하면서 선택권도, 결정권도 없었지만 내 정신만은 지킬 줄 알았지.

⌂

뇌졸중이 발병한 지 3년 7개월 만에 할아버지가 돌아가셨어. 1년 9개월 뒤에 북성로 집을 팔고 수성구 명문빌라로 이사했는데 나는 새집을 보기 전까지 이사하는지도 몰랐어. 할머니와는 상의했겠지만 나에게는 계약을 마치고 통보했어, 이사한다고. 내 잘못도 있는 것 같아. 내가 악착같이 관여하려고 들면 할 수도 있었겠지만 그러고 싶지 않았어. 결국 돈 이야기가 될 텐데 그 화제를 입에 올리는 게 부끄러웠어. 이문을 따지는 약아빠진 사람으로 보일 것 같고, 여자가 욕심이 많아서 바깥일에 간섭한다는 소리를 들을 것 같고. 대소사를 결정할 때 아빠와 할머니가 끼워주지도 않았지만 나도 한 발짝 떨어져서 초연한 척만 했어.

우리 아버지 영향도 있는 것 같아. 돈 이야기를 상스럽게 여기셨고, 여자는 바깥일을 몰라도 된다고, 아니 그게 낫다고 생각하셨거든. 딸들을 대학에 보낼 만큼 깨인 분이었지만 어쩔 수 없는 옛날 양반이니까. 이 나이에 아버지 핑계 대는 것도 좀 그렇지만, 그래서인지 나도 너희 아빠에게 돈 이야기를 일절 안 했어. 수입이 얼마인지, 지출은 얼마인지 아무것도 몰랐어. 생활비를 주면 한도 안에서 장을 보고 공과금을 납부하고 너희 학원비를 냈어. 후회스럽긴 해. 내가 돈 관리를 했다면 나중에 아빠 사업이 잘못되었을 때 그렇게 빈털터리가 되지는 않았을 텐데.

이제 와 생각하면 할머니도, 아빠도, 나도 각자에게 맡겨졌다고 생각되는 역할만 하고 있었던 것 같아. 할머니는 집안의 어른이자 시어머니로서의 권위를 지키는 일에, 아빠는 바깥에서 돈을 벌어오는 일에, 나는 시어머니를 시중들고 너희를 양육하고 살림하는 일에. 할머니와 아빠가 정말 좋은 사람들이잖아. 바르고 선량한 사람들이지. 하지만 좋은 사람들과 살아도 집안에서 내 위치가 그랬어. 대소사에 관여할 수도 없고, 상의할 상대도 아니고, 중요한 결정에 의견을 말할 수도 없는, 아무것도 아닌 사람.

언젠가 네가 "엄마는 뭐가 되고 싶었어?"라고 물었을 때 한참 생각했어. 도무지 기억나질 않아서, 잊고 지낸 지 너무 오래돼서. 내가 어떤 사람이었더라? 어떤 꿈을 꿨더라? 무엇을 하고 싶어 했더라? 정말 기억이 안 나. 하지만 내가 멋지다고 생각하는 직업이 하나 있는데 배우야. 화려한 스타여서가 아니라 무대 위나 카메라 앞에서나마 다양한 삶을 살아내는 사람이어서. 말했잖아, 영화를 좋아했다고, 내가 아닌 다른 사람이 되는 느낌이 좋았다고. 다시 살아볼 수 있다면 배우가 되고 싶어. 나는 상인이었다가 농부였다가 군인이었다가 정치인이었다가 예술가일 거야. 아무것도 아닌 사람이 아니라, 모두이면서 누구도 아닌 사람이 되겠지.

오래된 이야기를 거부하는 여자가 될 것인가, 오래된 이야기 속의 '그 여자'가 될 것인가?¶

결혼사진 속 부모님은 1970년대 영화에서 신랑 신부의 역할을 맡은 배우들 같다. 인위적으로 만들어진 세트에서 배정받은 역할을 연기하는 사람들. 두 사람의 양쪽에는 화환이 놓여있고 천장에는 샹들리에가 달려있다. 아빠는 7대 3으로 가르마를 타고 귀를 살짝 덮는 머리 모양을 했다. 검은 정장의 왼쪽 가슴에는 생화로 만든 부토니에르를 꽂았고 손에는

¶ 이 장의 일부 내용은 출판사 창비에서 운영하는 뉴스레터 '언니에게 보내는 행운의 편지'에 〈나의 호두나무 책상에 대하여〉라는 제목으로 발표한 바 있다.

흰 장갑을 꼈다. 엄마는 머리카락을 뒤로 넘겨 올림머리를 했고 화관을 썼다. 허리까지 내려오는 베일과 작은 진주 귀고리를 착용했고, 흰 꽃과 초록 잎이 섞인 부케를 들었다.

단연 눈에 띄는 것은 당시 최고급 원단이었던 '불망'으로 만든 웨딩드레스다. 불망의 원래 명칭은 '프렌치 레이스'로서 '불란서에서 만든 망'이라는 의미다. 엄마는 이 드레스에 대해 이렇게 설명했다. "그때는 보통 예식장에서 빌려주는 웨딩드레스를 입었는데, 나는 대구백화점 근처에 있던 웨딩드레스 전문 대여점에서 10만 원 정도를 주고 빌렸어. 아주 큰 돈이었지." 신체를 노출하지 않는 하이넥과 롱 슬리브리스 디자인에서 엄마의 고지식한 성정이 드러난다. 나는 사진 속 엄마의 얼굴에서 '짜증스러움'을 찾으려고 한다. 옅은 미소조차 없이 무표정한 젊은 여인은, 그러나 짜증 난 신부라기보다 갑작스러운 배역에 어리둥절한 배우처럼 보인다.

또 한 장의 결혼사진은 신랑 신부와 양가 부모님이 함께 찍은 사진이다. 아빠의 아버지는 남색 정장을, 엄마의 아버지는 고동색 정장을 입었다. 두 어머니는 푸른색 한복을 입었는데 아빠의 어머니는 짙은 파란색 한복을, 엄마의 어머니는 옅은 파란색 한복을 입었다. (여전히 결혼식이나 상갓집에서 남성은 양장 차림을 하고 여성은 한복을 입는 것은 무엇을 의미하는가?

여성을 근대화에서 제외하여 영원히 전통 속에 머물게 하려는 압박이 아닌가?) 나는 조부모님들의 얼굴에서도 감정을 찾아보려고 한다. 그러나 입을 일자로 다물고 카메라를 응시하는 네 사람에게서는 기쁨도, 슬픔도, 설렘도, 아쉬움도 느껴지지 않는다. 다만 입을 유난히 힘주어 다물고 있는 아빠의 어머니에게서, 엄마가 말한 '차가움'이 얼핏 스치는 것 같다.

⌂

어린 시절 나에게는 풀리지 않는 수수께끼가 있었다. '엄마 아빠는 사랑하지 않는데 왜 결혼했을까?' 두 사람이 사랑하지 않는 것은 진작 알고 있었다. 사랑의 반대는 증오가 아니라는 흔한 말처럼, 부모님은 서로를 미워하지도 않았다. 그저 엄마는 아빠에게, 아빠는 엄마에게 무관심할 뿐이었다. 부모가 상대를 사랑하는 것과 그들이 자신의 아이를 사랑하는 것은 별개의 문제라는 사실도 알고 있었다. 나는 엄마와 아빠에게 충분히 사랑받고 있다고 느꼈다. 그러나 '서로를 사랑하지 않는 부모에게서 태어난 아이'라는 인식은 최초의 자아 정체성이자 결핍이었다.

'엄마가 아빠를 사랑하지 않는다'는 사실에 대해 깊이 생각한 적이 없다. 나의 불안은 '아빠가 엄마를 사랑하지 않는다'는 데 있었다. 아빠가 엄마를 호명할 때 "여보"라고 부르지 않고 "야"라고 부르는 것이 싫었다. (아빠는 엄마의 이름도 부르지 않았다. 꼭 이름을 불러야 할 때는 맏이인 내 이름을 대신 불렀다.) 모임이든 회식이든 아빠가 낯선 장소에서 다른 여자와 찍은 사진을 보는 것이 속상했다. (아빠는 그런 사진을 아무 데나 올려두었다.) 정작 엄마는 이런 상황에 무덤덤했지만 나는 내가 아빠의 아내인 것처럼 사랑의 증거를 찾으려고 애썼고, 어디에서도 그런 증거를 찾지 못하자 아빠에게 직접 확인하기로 했다.

"아빠가 가장 사랑하는 사람은 누구야?" "물론 우리 딸들이지." 원하던 대답이 아니었다. 더욱 절박해진 마음으로 물었다. "그다음은?" "음……, 할아버지, 할머니." "그다음은?" "글쎄, 삼촌, 고모들?" "그다음은, 그다음은?" 나는 울음을 터뜨릴 지경이었다. 아빠는 이상하다는 듯이 나를 바라보았다. 나는 아빠가 딸들보다 엄마를 더 사랑하기를 바랐다. 엄마를 사랑한다고 말하면 그대로 믿고 싶었다. 바라던 답을 받아내어 이 골치 아픈 문제에서 벗어나고 싶었다. 아빠는 끝내 내가 듣고 싶었던 말을 하지 않았다.

나는 왜 아빠를 사랑의 주체로, 엄마를 사랑의 객체로 생각했을까? 엄마가 사랑과 결혼에 주체적이었다고 말할 수는 없다. (아빠도 마찬가지다.) 엄마는 지정된 혼인을 거부하지 않았고 가족 공동체 안에서 강요당하는 역할을 수용했다. 엄마의 말을 빌리면 "주어진 상황에서 해야 하는 일만 했"다. 그러나 엄마는 강한 자존심의 소유자로서 사랑을 갈구하지도, 스스로를 대상화하지도, 자기 연민에 허덕이지도 않았다. 아빠가 엄마에게 무심한 것 이상으로 엄마도 아빠에게 무심했다. 그런데도 나는 왜 엄마가 아빠에게 사랑받지 못한다는 데 안달했을까? 이제 막 삶을 시작한 어린아이가 낡은 관념에 사로잡혀 있었던 것은 나만의 일이었을까? 나는 '타고난' 성차별주의자인가?

△

생애 초반에 읽은 책들은 몽환과 죽음의 경계에서 잠들어 있는 공주의 이야기, 그러다 왕자에게 간택되고 구원받는 이야기다. 여자는 보거나 듣거나 말하지 못한 채 유리관 속에, 오래된 성안에, 높은 탑 위에 의식불명 상태로 놓여 지나가는 남자에게 발견되는 순간만 기다리고 있었다. (눈여겨볼 사실은 이 이야기들 속에서 '천사처럼 착한 여자'를 곤경에 빠뜨리는 사람은 '괴물처럼 사악한 여자'라는 것이다.) '어떤 사람이 되고 싶은가?' 생각하기도 전에 나는 천사와 괴물이라는 양극단의 여성 이미지에 익숙해졌고, 여성을 시신-사물에서 인간-생명으로 전환하는 주체가 남성이라고 믿어버렸다. 내 앞에는 두 가지 선택지가 놓여있었다. 오래된 이야기를 거부하는 여자가 되든지, 오래된 이야기 속의 '그 여자'가 되든지. (아동기의 독서 경험으로 인해 나는 어린이가 읽을 동화는 신중하게 선택해야 한다고 믿고 있다. 나를 악몽에 시달리게 했던 《빨간 구두》는 아이, 특히 여자아이에게 어떤 교훈을 주는가? 금지된 것, 열정적인 것을 욕망한 여자는 도끼로 발목이 잘리는 최후를 맞으리라는 메시지가 아닌가? 《미녀와 야수》에서 야수는 미녀를 욕망해도 벌을 받기는커녕 구원받지만, 여자는 왜 애초에 추물을 사랑함으로써 복을 받아야 하는가?)

작가 지망생이었던 시절, 나는 남성 작가의 책을 읽고 그들의 언어를 흉내 내어 글을 썼다. 내가 이름을 아는 작가, 나를 문학의 세계로 인도한 작가, 사후에도 문학사에 거대한 발자취를 남긴 작가, 그리하여 불멸의 인간으로 이 시대에 현현하는 작가는 남성이었다. 그들의 작품 속에서 여성은 뮤즈로 찬양받거나, 연인에게 버림받고 정신병원에 갇히거나, 성공을 위해 섹슈얼리티를 무기로 이용하거나, 남성이 위대해지는 것을 방해하거나, 자신을 강간한 남자와 사랑에 빠지거나, 순간의 격정에 못 이겨 모든 것을 파국으로 몰고 갔다. 그 이야기들은 나에게 일관된 메시지를 주었다. 이야기 속의 '그 여자', 괴물 같은 여자의 반대편에 있는 '천사 같은 여자', 한마디로 '남성-사회가 욕망하는 여자'가 되는 것이 이 세상에서 살아가는 **안전한** 방식이라고.

기나긴 문학사에서 소수자인 여성 작가의 책을 읽었더라면, 버지니아 울프의 선언처럼 "여성이 글을 쓸 수 있으려면 먼저 '집 안의 천사를 죽여야 한다.'"[1]는 사실을 알았더라면, "천사와 괴물 둘 다 '죽이는' 울프적인 행위"[2]로부터 글쓰기를 시작했더라면, 그리하여 여성 작가가 되는 것은 저 '다락방의 미친 여자'들로부터 이어져온 계보의 말단에 나를 위치시키는 일임을 깨달았더라면 나의 삶과 글은 달라졌을까? 샌드라 길버트와 수전 구바가 쓴 《다락방의 미친 여자》는 문학에서의 부권 은유를 다루는 첫 장 '여왕의 거울'에서 이렇게 말한다. "모든 작가에게 자아 정의는 자기주장보다 반드시 선행한다. 창조적인 '나란 존재'가 무엇인지 '내'가 알지 못한다면 언어화할 수 없다. 그러나 여성 예술가에게 자아 정의의 본질적 과정은 그녀와 자신 사이에 끼어든 모든 가부장적 정의 때문에 복잡해진다."[3]

이 세상에서 여성으로 살아가는 안전한 방식은 없다. 더욱이 '남성-사회가 욕망하는 여성이 되는 것'은 스스로를 위험에 내던지는 일에 가깝다. 내가 한 인간으로서 믿고 의지했던 남자들—상사, 선배, 선생, 동료, 친구—이 나를 욕망의 대상으로 여겼을 때, 허락도 동의도 없이 나의 육체와 정신을 침범했을 때 나는 안전하기는커녕 가장 위험한 처지에 놓였다. 강간은 여성의 수치이고, 교제 폭력¶과 가정폭력은 연인이나 부부의 사랑싸움이라는 인식이 여전하던 때였다. 스토킹은 짝사랑하는 남자의 지극한 열정, 불법 촬영물은 국산 야동, 야동을 공유하는 것은 남자들의 문화였다. (과거형으로

¶ 이 책에서 사용하는 '교제 폭력'이란 말은 흔히 '데이트 폭력'이라 불리는, 연인 또는 친밀한 관계 사이의 폭력을 의미한다. 페미니스트들은 일부 여성의 개인적 경험으로 여겨졌던 일이 공동의 경험이라는 사실을 말하고자 다양한 단어를 새롭게 만들었는데, 1975년 수전 브라운 밀러가 제시한 '데이트 강간'이라는 용어도 그 가운데 하나다. 그러나 우리나라에서 '데이트'라는 말은 낭만적 이미지를 가질 뿐 아니라 젊은 세대의 경험으로 국한하는 경향이 있기에, '데이트'와 '폭력'의 합성어는 이 폭력의 심각성을 간과하고 연령을 불문한 범죄라는 사실도 가린다. 한국판 페미사이드 보고서인 《헤어지자고 했을 뿐입니다》(이주연·이정환 지음, 오마이북, 2021)는 '데이트 폭력으로 인한 살인'이라는 표현이 피해자의 고통과 죽음을 온전히 설명할 수 없기에 이 범죄를 '교제 살인'으로 명명한다. 여기에서 착안해 이 책에서는 '데이트 폭력' 대신 '교제 폭력'이라는 말을 썼다.

썼지만 지금도 다르지 않다.)

그 야만의 시절은 멀지 않은 과거, 내가 젊은 여성이었던 때다. 성폭력의 원인을 피해자에게서 찾는 일이 흔했기에 나는 옷차림, 말투, 행동을 '점검'하며 상대를 '자극'했을지 모른다고 자책했다. 그런 행위가 낭만으로 둔갑했던 탓에("그가 너를 사랑해서 그래") 나의 두려움과 불안이 지나친 것, 예민한 것, 신경증적인 것이 아닌가 의심했다. 후일에야 내가 겪은 일들의 '이름'을 알았지만 당시에는 이름을 몰랐으므로 이해하지 못했고, 이해하지 못했으므로 제대로 저항하거나 거부하지도 못했다. 리베카 솔닛은 말했다. "무언가를 정확한 이름으로 부르는 행위는 무대책·무관심·망각을 눈감아주고, 완충해주고, 흐리게 하고, 가장하고, 회피하고, 심지어 장려하는 거짓말들을 끊어낸다.[4] …… 명명은 해방의 첫 단계다."[5]

"명명은 해방의 첫 단계"일 뿐 전체나 마지막이 아니다. 그러나 명명되지 않은 행위나 현상은 정의되지 않기에, 이름이 없으면 해방의 첫 단계로 진입하는 일조차 불가능하다. 무언가를 이해하기 위해, 설명하기 위해, 표현하기 위해, 연구하기 위해, 아니면 단순히 찬성하거나 반대하기 위해서라도 이름이 필요하다. 앞 세대 페미니스트들이 "이것은 이름들의 전쟁이다."[6]라고 선포하지 않았다면 나의 경험도 세상에서

흩어지고 부유하다 휘발했을 것이다.

'이름을 아는 것'과 '그런 일이 벌어지는 사회 이면의 구조나 작동 원리를 파악하는 것'은 다른 단계다. 그 단계에 도달하지 못했을 때는 여전히 나의 경험을 '사적인 일'로 여겼다. 누구에게도 털어놓지 못했으므로 아무에게도 도움받지 못했다. 내가 겪은 일에 대해 사유하고 해석하기 전에 정치인, 언론, 익명성을 가진 사람들의 말이 나를 포위했다. 사적 문제, 여자들의 피해의식, 개인적 불운, 예외적 사례, 예민한 여자들……. (이런 현실은 지금도 마찬가지다. 이 책을 쓰고 있던 2022년에 치러진 20대 대통령 선거에서, 보수 정치인들은 '구조적 문제'는 없다고 단언하며 여성혐오와 성폭력을 '사적 문제'로 간주했다.)

솔닛은 정치와 언론이 성폭력을 개인적이고 예외적인 일로 치부하는 데 반해, 걸작으로 추앙받는 소설이나 영화로부터 비디오게임과 그래픽 노블까지, 얼마나 많은 남성 창작자가 작품 속에 이런 욕망을 소중히 담아내는지 지적한다.[7] 유혹하는 여자와 욕망을 주체하지 못하는 남자의 구도는 흔하디흔한 클리셰다. 잔뜩 멋 부려 묘사한 페미사이드는 여성혐오와 미장센의 컬래버레이션이다. 스릴러와 호러 장르에는 잔혹하지만 아름다운 여성의 시신, 핏빛조차 에로틱한 고문과 살해 현장이 등장하고(이런 영상물은 "아름다운 여인의 죽음은 의심할 나위 없이 가장 시적인 주제"라고 말한 에드거 앨런 포의 말을 충실히 재현하는 듯하다) 액션물에는 딸, 아내, 연인, 여동생, 이웃집 소녀까지, '자기 여자'를 보호하는 데 실패한 남자의 처절한 복수극이 펼쳐진다.

이 대목에서 다시 묻지 않을 수 없다. 남성-사회가 욕망하는 여성이 되는 것은 이 세상에서 살아가는 안전한 방식인가? 내가 '그의 것'이라면 사랑받든 버림받든, 보호받든 파괴당하든 그의 처분을 기다려야 하지 않을까? 다시 첫 번째 질문으로 돌아가자. 오래된 이야기를 거부하는 여자가 될 것인가, 오래된 이야기 속의 '그 여자'가 될 것인가? 1970년대에 캐럴 길리건의 깨달음은 이 질문의 대답이다. "다시는 하나의 이야기를 마치 유일한 이야기처럼 받아들이지 않을 것이다."[8]

오랫동안 '성차별주의'[¶]는 나의 모국어였다. 모국어라는 말이 연상케 하는 이미지와 별개로 태어나면서부터 노출된다는 점에서, 그 언어를 버린 뒤에도 나의 정신이 지배받고 있다는 점에서. 기울어진 세계에서 가부장적 관습을 익히며 자란 나에게 성차별주의는 자연스럽게 스며들어 드러나는 나의 일부였다. 여자든 남자든 '아이'가 성차별주의자인 것은 이상하지 않다. 미디어와 또래문화 속에서 꾸밈 욕구를 내면화한 뒤, 얼마나 많은 여자아이가 분홍색을 가장 예쁜 색깔이라고 '믿는가?' 긴 머리카락을 여성다움의 상징이라고 '믿는가?'

시몬 드 보부아르가 《제2의 성》에서 했던 저 유명한 말, "우리는 여자로 태어나는 것이 아니라 여자가 되는 것"[9]이라면, 덧붙여 '남자로 태어나는 것이 아니라 남자가 되는 것'이라면 특정 성별로 태어나는 것은 문제가 아니다. 젠더 불평

¶ 페미니즘에 관한 정의는 단일하지 않고, 여러 사건과 사상과 정치와 활동을 포괄한다. 내가 생각하는 가장 적절한 요약을 꼽으라면 데버라 캐머런이 《페미니즘》(데버라 캐머런, 강경아 옮김, 신사책방, 2022)에서 정리한 다음 문장이다. 페미니즘은 "여성도 사람"(마리 시어)이라는 급진적 '개념'에 의거해, "성차별주의와 그에 근거한 착취와 억압을 끝내려는"(벨 훅스) '운동'이자, 차별과 폭력에 대해 "질문을 던지고 답을 찾는"(낸시 하트삭) '방법론'이다. 이 정의는 페미니즘이 **개념**이자 **운동**이자 **방법론**이라는 것, 안티 페미니스트 집단이 정치적 프로파간다에 동원하는 언어—'여성 우월주의', '남성 혐오', '역차별'—와 무관하다는 것, 그리고 '성차별주의'가 문제의 본질임을 직시한다. 우리는 성차별적으로 사회화되므로 여성도 남성만큼, 또는 남성 이상으로 성차별주의자일 수 있다. 부끄럽지만 내가 바로 그런 사람이었다.

등이 만연한 사회와 집안에서, 그것을 제도화한 산물인 가부장제를 받아들이며, 여자와 남자가 되는 것이 문제다. 성차별적 환경에서 성차별주의자가 '되는' 것은 자연스러운 일이기에, 내가 하고 싶은 이야기는 '나는 왜 성차별주의자였는가?'가 아니다. '내가 어떻게 익숙한 언어를 버리고 새로운 언어를 배웠는가?'이다.

시몬 드 보부아르는 《제2의 성》을 집필할 때까지 페미니스트가 아니었을뿐더러 '여성 조건'에 대해 의식하지 못했다. 의식이 깨어난 것은 《제2의 성》을 쓰려고 연구를 시작했을 때다. 보부아르는 회고록에서 이렇게 말한다. "나는 여자들을 새로운 시각으로 바라보기 시작했고, 연달아 놀라움을 겪었다. 그때까지 보지 못했던 세상의 놀라운 일면을 마흔 살에 갑자기 발견한다는 것은 이상하기도 했고 고무적이기도 했다."[10] 20세기에 출간된 책 가운데 《제2의 성》만큼이나 논쟁적이고 문제적인 《여성성의 신화》의 저자 베티 프리던도 비슷한 고백을 한다. "이 책을 쓰기 시작하기 전까지 나는 여성 문제가 존재한다는 사실을 전혀 의식하지 못했다. …… 다른 여성들처럼 부엌 바닥을 왁스 칠하면서 희열감을 느끼지 못하는 내게 무언가 잘못이 있다고 생각했다."[11]

문학 평론가이자 작가인 벨 훅스는 우울증과 자살 충동에 시달리던 10대 시절, 남성중심주의에 저항했고 그 사고를 강하게 심어준 어머니에게 맞섰다.[12] 가까운 사례로 나의 친구는 둘째인 딸을 낳고 나서(첫째인 아들을 낳고 나서는 아니었다) 딸이 '나은 세상'에서 살기를 바라며 페미니즘을 공부한다. 현대 페미니즘의 선구자로 불리는 인물이든, 세계적 명성을 가진 작가든, 한국에서 딸을 낳은 어머니든 익숙한 언어를 버리고 새로운 언어를 배우기 위해서는 **계기**가 필요한지 모른다.

나도 이들처럼 '계기'가 있다. 일어나지 않았으면 좋았을 사건이지만, 그 일이 벌어지지 않았더라면 하는 무의미한 바람은 오래전에 버렸다. 그 일이 아니었으면 나는 지금과 완전히 다른 사람이 되었을 테고 어쩌면 여전히 완강한 성차별주의자였을지 모른다. 계기로 작동하는 사건, 삶의 이전과 이후를 구분하게 만드는 사건은 한 사람을 멈추어 돌아보게 한다. 불행하게도 나의 경우에는 그 사건-계기가 스토킹과 교제 폭력이다. 한때 사랑했고 친밀했던 사람에게 몇 달에 걸쳐 물리적·언어적·성적 폭력을 겪었고 살해당할지 모른다는 공포에 시달리다가 공권력의 힘을 빌려 겨우 빠져나왔다.

그 사건은 내가 믿어왔던 진리, 받아왔던 교육, 적절하다고 여겼던 존재 방식 등이 나의 선천적 기질과도, 후천적 선택과도 무관하지 않은지 의심하게 했다. 내가 내뱉었던 말, 타인에게서 들었던 말, 세상을 구성하는 언어의 진위를 의심하게 했다. 의심의 시간은 동시에 실어(失語)의 시간이었다. 그렇다. 그것은 침묵의 시간이라기보다는 차라리 실어의 시간이었다고 해야 한다. 나의 언어라고 믿었던 것이 사실은 나를 위한 언어가 아니었다는 것을, 나를 지배하고 압제하는 언어였다는 것을 깨달았을 때 나는 입을 다문 것이 아니라 말을 **잃었기** 때문이다.

⌂

결혼 후 엄마의 첫 번째 결심은 "포기하자"였다. "이야기하는 것과 기대하는 것". 결국 엄마가 포기한 것은 **목소리**가 아닐까? 목소리는 자신의 고유함을 설명하는 도구이다. 내가나 자신이기를 바라지 않는 사람들, "주어진 상황에서 해야 하는 일만" 하기를 원하는 사람들 앞에서 가장 먼저 버려야 하는 것도 목소리다. "있어도 없는 사람"의 핵심은 목소리 없는 존재, 침묵하는 자 또는 실어하는 자이다.

엄마가 말하고 내가 동의한 것, "당연한 것은 없다."는 명제는 그 자체로 '다른 목소리'다. 자연스럽게 여겼던 관습에 의

문을 품고 새로운 가능성을 상상하는 태도다. 40여 년 전 엄마는 아빠 몫이 효도가 엄마에게 떠맡겨지는 상황을 '당연하다'고 전제했지만, 그래서 그 사실을 미리 알려주지 않았다는 사실에만 화를 냈지만, 이제 우리는 당연한 것은 없음을 안다. '다른 목소리'로 '당연한 상황'에 이의를 제기할 수 없었던 엄마는 말하고 싶은 것을 말하지 않았다. 거부하고 싶은 일, 불만스러운 일, 불화를 일으킬 만한 일을 마음속에 담아두었다. 목소리를 제거(당)함. 이것은 가부장제가 초래하는 부정적 측면 가운데 하나다. 목소리를 빼앗음으로써 세상이나 타인과 충돌하지 않고 자기 자신과 충돌하게 만든다.

지금까지 들어온 대로 말하지 않기, 다수의 사람이 말하는 대로 말하지 않기, 내재된 가부장제의 언어를 새로운 것으로 대체하기. 이것은 목소리들의 싸움이다. 한때 '목소리'라는 말은 신선한 은유처럼 들렸다. 지금 이 말은 상투적으로 들린다. 다들 누군가의 목소리를 대변한다. 국민의 목소리, 서민의 목소리, 약자의 목소리……. 그러나 이 말이 더는 강렬함을 불러일으키지 못하더라도 평등에 관해 이야기하려는 사람은 '침묵'과 '목소리'라는 상반된-연관된 주제에 천착할 수밖에 없다.

침묵은 여성만의 화두일까? 남성은 침묵하지 않을까? 리베카 솔닛에 따르면 가부장제가 지배하는 곳에는 어디든 침묵이 있다. 남성과 여성에게 다른 침묵을 요구할 뿐이다. 여성의 침묵과 달리 남성의 침묵은 힘과 소속을 얻기 위한 대가다.[13] 벨 훅스는 이 현상을 "정신적 자기 절단"으로 표현한다. "가부장제가 남자들에게 요구하는 첫 번째 폭력 행위는 여성에 대한 폭력이 아니다. 그 대신 가부장제는 모든 남자에게 정신적 자기 절단을 행할 것을, 자신의 감정적 부분을 도려낼 것을 요구한다. 만일 자신을 감정적으로 불구화하는 데 성공하지 못한 남자가 있다면, 가부장제의 다른 남자들이 그의 자존감을 공격하는 힘의 의식을 틀림없이 거행해준다."[14]

아빠는 많은 순간—사업에 실패했을 때, 우리가 더 작고 낡은 집으로 이사했을 때, 지인에게 돈을 빌려 시작한 가게가 폐업했을 때—침묵하거나 부재했다. 가부장제는 강함을 남성성으로, 약함을 여성성으로 환원하므로 아빠는 자신이 강하지 못할 때 보이지도, 말하지도 말아야 했다.[15] 나는 엄마에게 궁금한 것만큼 아빠에게 궁금한 것이 많다. 두 사람에게 같은 질문을 하면서—"그때 왜 그랬어?" "기분이 어땠어?" "무슨 생각이 들었어?"—내가 알게 된 것은, 엄마가 생각과 감정을 대체로 명확하게 이해하고 표현하는 데 반해,

아빠는 그런 것을 스스로에게조차 설명해본 적이 없는 사람처럼 낯설어한다는 것이다.

남성에게, 특히 나의 아버지 세대에게 이런 특징이 상대적으로 빈번하게 나타난다면 일관된 징후로 볼 수 있을 것이다. 감정적인 것을 여성의 영역으로 여기는 사회에서 남성은 여성보다 무감각하게 사회화된다. 타인에게 침묵할 뿐 아니라 스스로에게도 본연의 자아에 대해 침묵한다. 남성다움에 사로잡힌 이가 생각과 감정을 자신에게든 타인에게든 '구구절절하게' 이야기하지 않는 이유는 내면을 드러내는 것이 나약함, 즉 여성성으로 여겨지기 때문이다. 가부장적 사회에서 남성은 나약함을 통제당하지만, 캐럴 길리건이 간파했다시피 "한때 여성의 것이었던 연약함은 인간의 특성"[16]이다. 약함은 여성다움이 아니라 **인간다움**이다.

세월이 지나 엄마가 자신의 목소리를 내기 시작했을 때 그녀는 가족 구성원, 특히 할머니를 비롯한 시가 친척들과 불화했다. 내가 실어의 시간을 경유해 다른 목소리로 말했을 때 나는 절친했던 몇몇 사람과 멀어졌다. 그것은 목소리와 불화의 상관관계를, 한 집안과 사회가 소수자의 목소리를 차단함으로써 존속하고 있다는 사실을 증명한다. 기존 체제는 약자의 침묵으로 고요한 평화를 유지한다. 미투 운동의 정국에서 소환된 뮤리얼 루카이저의 저 시구처럼 "한 여자가 자기 삶의 진실을 말한다면 …… 세계는 터져버릴 것이므로."[17]

세 번째 앨범

여자가 여자를 키우는 데에는 모순이 있다

그래도 그런 생각이 있었어.

여자에게 불리하거나 위험한 세상은 잘못되었다는 생각,

성별로 한계를 규정지으면 안 된다는 생각.

그러면서도 너희가 딸이라서 '걱정'스러웠고 늘 '조심'시켰지.

여자가 여자를 키우는 데에는 그런 모순이 있는 것 같아.

엄마에게 증오를 표출하고 책임을 전가하느라
나와 엄마를 둘러싼 세계에 대해 질문하지 못했다.
우리는 세계의 실패를 직시하는 대신
그 실패를 어머니라는 개인에게 떠넘김으로써
근본적 원인을 은폐한다.
어머니도 다른 모든 이와 마찬가지로
실패하는 존재임에도 불구하고.

너를

다시

키운다면

아이를 가지는 데 선택권이 있다는 생각은 못 했어. 결혼하면 무조건 낳는 줄 알았지. 산아제한이 있었는데, 큰이모가 결혼할 때는 아이 셋이 이상적인 가족이라고 했고, 내가 결혼할 때는 아들 딸 구별 말고 둘만 낳아 잘 기르자 했어. 그래서 큰이모 집은 삼 남매고 우리 집은 너희 둘인 거야. 사회 통념을 따른 거지.

첫 출산 때 양수는 전날 터졌는데 진통이 거의 안 와서 유도분만을 했어. 오후 3시에 네가 태어났지. "딸입니다." 아기 울음소리와 함께 누군가가 말했는데 기쁘다기보다는 서운했어. 아들을 간절히 바란 것도 아니었는데 그 말을 듣자 이런 생각이 들었어. '아, 빨리 둘째를 가져야겠구나.' 초산이라서 너무 힘들었는데, 극도의 고통에 시달린 직후에 아들을 낳아야 한다는 생각을 제일 먼저 했다는 게 어이없지 않니? 아빠와 할머니는 아들을 가지라고 강요한 적이 없는데 할아버지가 많이 바라셨어. 하지만 할아버지도, 나도 딸이라서 서운하다는 생각은 금세 잊어버렸어, 네가 너무 예뻐서. 할아버지가 너를 얼마나 사랑했는지 기억하니? 여자아이라서 아쉬움은 있었겠지만 첫 친손녀니까 외손자보다 각별했던 거야. 그것도 남아 선호지, 딸의 아들보다 아들의 딸이 소중하다는 거니까. 할아버지는 네가 사랑스러워서 어쩔 줄 몰라 하셨어. 걸음마를 시작하면서 사무실에도 데려가고, 상가에도 데려가고, 일을 보실 때도 데려가고, 친구를 만나실 때도 데려갔어.

재경이는 그런 사랑을 못 받았지. 둘째마저 딸이니까 나도 죄송하고 송구스럽더라고. 역시 할아버지는 못마땅해하셨어. 병세로 판단력이 흐려지자 재경이에게 더 무섭게 대하셨어. 재경이가 다가가면 지팡이를 휘두르면서 저리 가라고 소리를 지르시고. 재경이 상태가 불안해 보여서 소아과에 데려갔더니 의사가 그래. 아이가 왜 이렇게 스트레스를 심하게 받았느냐고. 그 뒤에도 스트레스성 질환으로 오래 고생했잖아, 그 어린아이가. 이런 이야기 그만하자, 재경이 속상할라.

할아버지만 아들을 원하셨지, 다른 가족은 그렇지 않았어. 사회적으로는 남아 선호 분위기가 강했는데 아빠와 할머니는 딸이든 아들이든 상관없다는 입장이었어. 할머니도 어떤 면에서는 꽤 개방적이잖니. 할머니 성향이 남자보다 여자를 더 좋아하기도 했고. 나중에 큰삼촌이 아들을 낳았지만 할머니는 같이 사는 두 손녀가 우선이고 최고였지. 이럴 때는 너희 둘 다 순하고 무던했어. 육아로 고생하는 엄마도 많지만 나는 그런 기억이 없어. 하나도 안 힘들었어. 예쁘기만 했지.

너희가 국민학교에 다닐 때 같은 동네에서 아들을 키우는 엄마가 그러는 거야. "딸만 둘이라서 얼마나 걱정이 크세요. 여자아이는 조심시킬 일이 많잖아요." 염려하느라 건넨 말인지 몰라도 기분이 나쁘더라고. 내가 그랬어. "아들들 교육 잘 시키면 딸들이 조심할 일이 없겠지요." 1980년대였고 나도 기존 사고방식에서 크게 벗어나지 못했지만 그래도 그런 생각이 있었어. 여자에게 불리하거나 위험한 세상은 잘못되었다는 생각, 성별로 한계를 규정지으면 안 된다는 생각. 그러면서도 너희가 딸이라서 '걱정'스러웠고 늘 '조심'시켰지. 여자가 여자를 키우는 데에는 그런 모순이 있는 것 같아.

너는 영리했어. 걸음마도 빨리하고 말도 빨리 배우고 뭐든 또래보다 빨랐어. 내가 한글을 가르친 적이 없는데, 네가 매일 책을 보더니 대여섯 살 때부터는 혼자 읽고 쓰더라고. 공부도 잘했고, 피아노도 잘 쳤고, 발레도 잘했어. 책 읽기를 좋아하고 글짓기 대회에 나가면 항상 상을 받아왔지. 여러 가지에 재능을 보이기에 학원에 보내서 이것저것 가르쳤어. 나는 네가 글쓰기에 소질이 있다고 생각했는데 너는 발레를 더 좋아했어. 국민학생 때 이미 발레리나가 되겠다고 네 길을 정했지.

우리 딸이 재능이 많구나 싶었는데 문제는 너도 네가 잘났다고 생각하더라는 거야. 나서는 걸 좋아하고 주목받고 싶어 하고, 시샘도 많아서 네가 제일 잘한다는 말을 듣지 못하면 속상해했어. 고집도 세서 한 가지 일에 몰두하면 못 하게 해도 끝까지 했단 말이야. 그러면 내가 기어이 고집을 꺾어놨어. 한번은 친척들 앞에서 네가 고집을 부리기에 네 뺨을 세게 때렸어. 일부러, 자존심 상하라고, 망신당하라고.

그때는 양육에 대한 정보가 별로 없었어. 스물다섯 살에 엄마가 되어서 나 자신도 성숙하지 못한 채로 너를 키웠어.

누군가로부터 매를 드는 건 사랑이고 손으로 때리는 건 화풀이라는 말을 듣고 그대로 따랐어. 네가 말을 듣지 않으면 매부터 찾았지. 지금은 아이를 때리는 게 폭력이라고 생각하지만, 그때는 체벌로 훈육하는 걸 당연하게 여겼어. 아이마다 성향이 제각각이니 양육 방식도 천편일률적일 수 없을 텐데, 게다가 너는 감수성이 풍부하고 자의식이 강한 아이였는데. 나는 정상과 비정상을 이분법으로 구분하고 비정상이라는 생각이 들면 매로 때려서 고쳐놨어. 왼손잡이인 너에게 오른손 사용을 강요했고, 고집이 강한 성격을 바꿔놓겠다고 남 앞에서 망신을 줬고, 자세를 곧게 만들어야 한다며 네가 싫어했던 허리 교정용 보조기를 억지로 착용하게 했지.

가장 후회되는 건 네 말더듬증을 고치려고 헛된 짓을 했던 거야. 어릴 때 너는 말하기를 좋아해서 많은 말을 한꺼번에 쏟아내려다가 종종 말을 더듬었는데, 나는 걱정스러웠어. 웅변을 가르치고, 천천히 말하라고 지적하고, 너를 데리고 종합병원에 있는 소아심리 전문가까지 찾아갔어. 시간이 지나서야 쓸데없는 짓을 했다는 걸 깨달았어. 가만히 내버려뒀으면 자연스럽게 고쳐졌을 텐데 내 나름대로는 아이를 위해 노력했던 게 독이 되었구나, 아이에게 '나는 말더듬이'라는 인식을 심어주었구나. 네가 성장 과정에서 점점 더 심하게 말을 더듬어서 놀림 받고 위축되는 모습을 지켜보는 게 나도 마음 아팠어. 하지만 나에게 왼손잡이, 강한 고집, 곧지 못한 자세, 말을 더듬는 건 비정상이었고, 그걸 바로잡는 게 너를 올바르게 키우는 일이라 믿었어.

나는 너에게 높은 기준을 요구했어. 내가 엄격한 사람이기도 하고, 네가 맏이인데다가 재능이 많아 보이니까 기대가 컸어. 내 기준치에 못 미치면 혼내고 내 기준치에 미쳐도 칭찬하는 데 인색했어. 칭찬하면 교만해질까 봐. 오만을 경계하고 겸손을 가르친다는 게 지나쳐버렸어. 그런 일이 쌓여서 네 자신감을 갉아먹었겠지. 네가 자신만만하고 고집스러운 게 걱정할 일도 아니었는데, 요즘 같은 시대에는 장점일 수도 있는데, 내 사고방식이 그랬어. 여자아이가 나대면 사람들이 싫어할 거라는 생각. '겸손해라', '양보해라', '배려해라', '지는 게 이기는 거다', '폐 끼치지 마라', '예의 바르게 행동해라', '스스로를 특별하게 여기지 마라', 늘 그렇게 가르쳤어. 언제부터인지 네가 소극적이고 수동적인 성격으로 바뀌더라. 사람들 눈치도 많이 보고.

요즘은 텔레비전에 나오는 육아 프로그램을 자주 봐. 반성하고 또 반성해. 너무 무지했구나. 너희는 어른이 되었고 나는 노인이 되었어. 이제 나는 너희를 키우지 않지. 그래도 육아 프로그램은 자주 보고 있어. 지금이라도 알아야지. 좋은 엄마가 되어야지. 다시 너를 키운다면 네 이야기를 더 많이 들어주고, 칭찬해주고, 안아줄 텐데. 잘하고 있다고 자신감을 북돋워줄 텐데……. 산다는 건, 세상과 부딪친다는 건 자신감이 점점 꺾이는 일인데……. 네가 피기도 전에 내가 꺾어버린 것 같아.

⌂

1986년 무렵 아빠는 결혼 전부터 관리하던 구미의 상가 건물을 철거하고 그 자리에 관광호텔을 지었어. 아빠도 사업에 소질은 있었어. 호텔 운영이 잘 되어서 얼마 후에는 증축 계획을 세웠지. 보유하고 있던 자금을 몽땅 투자하고 은행에서 대출도 받았어. 아빠는 낙관적으로 판단했을 거야. 86 아시안 게임, 88 서울 올림픽 같은 국제 행사를 치르면서 정부가 호텔을 비롯한 관광업을 장려했거든. 그런데 정권이 바뀌면서 정책도 달라진 거야. 호텔에서 결혼식이나 행사를 여는 건 사치 풍조를 조장하는 일로 지양되었어. 정부는 과소비를 근절한다면서 대출을 중단했고, 이미 내준 대출금은 회수를 시작했어. 공사비가 모자라자 아빠는 호텔을 매각하려고 이리 뛰고 저리 뛰었어. 하지만 손 한 번 써보지 못하고 경매로 넘어갔어. 하루아침에 빈털터리가 된 데다 감당 못할 빚만 잔뜩 진 거야. 결국 명문빌라를 매매하고 셋집을 전전했어. 너희가 자라는 동안 늘 돈에 허덕였지.

너는 발레를, 재경이는 미술을 전공하고 있었어. 형편은 어려워졌어도 너희가 하고 싶어 하는 일을 끝까지 뒷바라지하는 게 부모의 의무라고 여겼어. 당장 생활비와 너희 학원비를 벌어야 했지. 재경이는 학원비만 내면 되는데, 너는 레슨비 말고도 의상값이니 작품값이니 콩쿠르 출전비니 돈 들어갈 일이 많았어. 거의 매주 사야 하는 토슈즈값도 만만치 않았고. 그래도 네가 발레를 계속하겠다니까 어떻게든 지원해야 한다고 생각했어. 하지만 가정주부로만 산, 아무 경력도 없는, 세상 물정 모르는 중년 여자가 할 수 있는 일이 얼마나 있겠니. 종잣돈이 없으니 맨몸으로 시작할 수 있는 일을 할 수밖에. 보험 영업소부터 식당 주방까지 여러 곳에서 일했어. 아침 일찍부터 밤늦게까지 쉴 새 없이 일하느라 너희에게 소홀했지. 그저 우리 아이들은 착하니까 잘 알아서 하고 있으려니, 내가 신경 쓰지 못해도 열심히 하고 있으려니 생각했어.

네가 고등학교에 입학한 지 얼마 되지 않았을 때, 네 책상을 정리하다 일기장을 봤어. 네가 친구들과 남자아이들을 만났고, 그중 한 아이와 교제하고 있다는 내용이 적혀 있었지. 나에게는 독서실에 간다고, 친구 집에 간다고 거짓말하고 그 남자아이를 만난 거였어. 정말이지, 너무 충격이었어. 실망도, 분노도 아니었어. 배신감이었어. 내 아이가 어떻게 나에게 이럴 수 있지? 그 생각밖에 떠오르지 않았어. 네가 집에 돌아오자마자 반쯤 정신이 나간 채로 너를 때렸어. 매도 들지 않고, 손이 가는 대로, 미구잡이로 때렸어. 그게 마지막으로 너를 때린 일일 거야.

너에게 친구들 전화번호를 받아내서 집마다 전화를 걸었어. 여자아이들의 부모에게 자초지종을 알리고, 남자아이들에게는 앞으로 우리 아이와 만나지 말라고 경고했어. 지금 생각하면 그럴 일이었나 싶기도 해. 요즘은 남녀공학 학교가 많아서 남자아이와 여자아이가 친구로 지낸다던데, 청소년이 연애하는 것도 흔한 일이라던데……. 그때 내 사고방식으로는 고등학생이 이성 교제를 한다는 게 상상도 되지 않는 거야. 아주 불량하고 삐뚤어진 짓이라고 생각했지. 그렇다고 네가 멋을 부리고 다니는 아이도 아니었잖아. 교복을 자기 몸에 맞춰 줄여 입고 티 나지 않게 화장하거나 염색하는 여학생도 많았는데, 너는 꾸미는 일에 도통 관심이 없었잖아. 편한 게 좋다면서 교복을 펑퍼짐하게 입고, 내가 얼빵해 보이니까 쓰지 말라고 했던 커다란 뿔테 안경을 낀, 학교와 학원밖에 모르는 아이였잖아.

네 입장을 헤아리거나 내 사고방식을 돌이켜보는 일은 생각조차 못 했어. 개방적인 부모라면 대화하고 이해하고 친구를 데려오라고 하지 않았을까? 이성 교제에 대해 공개적으로 이야기하면서 긍정적인 관계를 만들어가도록 도와주지 않았을까? 모르겠어, 나는 무조건 안 된다고 생각했어. 내 아이가 어떻게 나에게 이럴 수 있어? 그래, 배신감이었어. 내 딸이 나를 배신했다는 생각. 그래도 그다음부터는 네가 다시 공부와 발레에만 몰두하는 것 같았어, 적어도 겉보기에는.

고등학생이 되면서 네가 키가 자라지 않고 체중이 늘어서 스트레스를 많이 받았다는 거 알아. 발레 학원에서 냉대받고, 체형 조건이 좋은 아이들 사이에서 열등감을 느꼈다는 것도 알아. 학원에서 돌아오면 너는 풀이 죽어서 말했어. "이제 선생님이 나를 봐주지 않아." "원래 내가 앞자리에 섰는데 선생님이 앞으론 뒷자리에 서래." "내가 땅딸막해서 꼴도 보기 싫대." 고등학교 2학년 봄에는 네가 전국 콩쿠르에서, 경쟁률이 높은 콩쿠르였는데, 은상을 받아왔어. 내가 칭찬하니까 네가 그러는 거야. "내가 상 받았다고 선생님이 많이 화났어. 나 때문에 선생님이 예뻐하는 ○○가 떨어졌다고." 내가 아는 건 네가 겪은 일 가운데 아주 일부일 거야. 네가 자세히 이야기하지 않아서 지금도 무슨 일이 있었는지 잘 몰라. 너는 발레 학원에서 돌아오면 울음을 터뜨릴 것 같은 얼굴로 방에 들어가 버렸으니까. 나도 여러 일에 치여서 그런 너를 모르는 체했어. 얼마나 이기적이니, 그저 알아서 잘하기만 바랐으니.

발레리나 지망생이 아니었다면 너는 보통 체형을 가진 평범한 10대 아이였을 거야. 얼굴형, 팔 길이, 무릎 모양, 발등 높이, 다리 형태는 아무 문제도 되지 않았을 거야. 나는 콤플렉스와 열등감으로 괴로워하는 너를 압박했어. 성장기도 끝나지 않은 너에게 무리한 다이어트를 시켰고 요요 현상이 오면 타박했어. 언제부터인가 네가 몰래 숨어서 음식을 먹다가 나에게 들키곤 했어. 나는 그런 모습을 발견하면 크게 화냈고, 이렇게 의지가 약해서 어떻게 발레를 하겠냐고 몰아붙였어. '너를 위해서' 그랬다고 말하지 않을게. '내가 속상해서'였어. 너보다 월등한 아이들 사이에서 괴로워하는 너를 보는 게, 매번 다이어트에 실패하고 좌절하는 너를 보는 게…….

고등학교 1학년 여름에 네가 발레 학원에 가다 말고 교통사고로 발을 다쳐서 왔어. 횡단보도 앞에서 신호를 기다리는데 택시가 네 발을 깔고 지나갔다고. 내가 뭐라고 했더라? 야단부터 쳤지. "앞을 똑바로 보고 있어야지, 무용하는 애가 발을 다치면 어쩌니!" 네가 혼자 정형외과에 가서 깁스하고 목발을 짚은 채 돌아온 걸 보고 후회했어. 혼내지 말걸, 괜찮으냐고 먼저 물어볼걸. "오늘 레슨 못 간다고 엄마가 학원에 전화해줄까?" 미안한 마음에 그렇게 물었더니 너는 고개를 저었어. 이미 다녀왔다면서, 결석하면 선생님이 너를 더 싫어할까 봐 절뚝거리면서 다녀왔다고. "발을 다쳐서 레슨을 못 할 것 같다고 말씀드렸는데 선생님이 대꾸도 안 했어. 어디를 얼마나 다쳤는지 묻지도 않고. 나한테 아무 관심도 없었어." 너는 몹시 기죽어 보였어. 선생님뿐 아니라 나까지 네 마음을 아프게 했구나 싶어 미안했어, 대수롭지 않게 들어 넘기고 야단만 쳤다는 게.

고등학교 2학년 초여름, 네가 공책에 낙서처럼 적어놓은 문장을 봤어. "죽고 싶다. 내가 죽으면 발레 선생님이 미안해할까?" 더는 안 되겠다 싶었어. 대구 무용계가 좁기도 하고, 학원을 옮기면 스승을 배신한 사람 취급하고, 예체능 분야가 유난히 누구의 제자, 누구의 스승 같은 타이틀을 중요하게 여기고. 나도 그런 분위기에 휩쓸려서 첫 선생님에게 끝까지 남아야 한다고 생각했지만, 자식이 죽고 싶다는데 무슨 소용이니.

⌂

학원을 옮기자 선생님에게 받는 스트레스는 덜해졌지만 너는 여전히 마음을 잡지 못했어. 예전 친구들과 다시 어울렸고 남자아이들을 만나기 시작했지. 발레리나가 될 수 없다는 좌절감이 너를 바꿔놓았을까? 어릴 때부터 발레밖에 몰랐던 너로서는 네 미래에 대해 다른 가능성을 상상할 수 없었겠지. 노는 데 맛을 들이니까 계속 놀고 싶기도 했을 거야. 엇나가는 너를 보면서 나도 네가 미워지기 시작했어. 자식에게 '미움'이라는 말을 쓰는 게 적절한지 모르겠다. 하지만 네 얼굴을 보면 화가 나고, 너와 말도 섞고 싶지 않고, 네가 볼멘소리를 하면 등짝을 후려치고 싶고, 그게 미움이지 않았을까? 그 마음을 다른 말로 뭐라 표현해야 할까? 미안해, 너를, 내 아이를 미워해서.

고등학교 3학년 봄에 서울에서 열리는 콩쿠르에 나갔다가 네가 무대에서 내려오자마자 사라져버린 일이 있었어. 선생님이 나에게 전화해서, 재영이가 짐을 싸서 혼자 가버렸다는 거야. 무슨 일이냐고 했더니 선생님이 그래. 네가 충격을 많이 받았다고. 여기에는 너보다 예쁘고 키가 크고 늘씬하고 재능까지 갖춘 아이가 너무 많다고. "재영이는 자기가 아무리 열심히 해봤자 저 아이들을 이길 수 없다는 걸 알았을 거예요.”

네가 없어졌다니 정신이 나갈 지경이었어. 그날 밤에 너에게 전화가 왔어. “엄마, 나 지영이 언니 집에서 자고 갈게.” 지영이는 현대무용을 전공하던 대학생이었는데, 나는 바로 알겠더라. 우리 아이가 나에게 거짓말을 하고 있구나. 내가 아무 말이 없으니까 네가 또 그랬어. “언니랑 이야기하다 보니까 늦어졌어. 여기서 자고 갈게.” 어떻게 해야 할지 몰랐어. 데리러 가겠다고 해야 할지, 하고 싶은 대로 하라고 해야 할지. 결국 그러라고 했어, 잘 자고 내일 보자고. 지영이 집에 안 간게 분명한데 혼자 어딘가를 헤매고 있을 너를 생각하니까 나도 미쳐버릴 것 같았어.

다음 날도 너는 돌아오지 않았어. 더는 연락도 오지 않았어. 내가 식당 주방에서 일할 때인데 일이고 뭐고 내팽개치고 반미치광이처럼 울면서 너를 찾으러 다녔어. 지영이에게 연락했더니 역시 너를 만난 적도 없대. 너와 어울려 놀던 아이들을 찾아가고, 네가 친구들과 자주 간다는 곳을 수소문하고, 네 학교 친구들을 만나서 우리 재영이 못 봤느냐고 묻고. 너를 찾아다니는 길목마다 벚꽃이 흩날리는데 내 마음은 지옥이었어. 눈앞이 캄캄했어, 네가 영영 안 돌아올 것 같아서,

다시 너를 볼 수 없을 것 같아서.

그 후에 또 그런 일이 있었어. 네가 친구 만나러 간다고 준비하는데, 그즈음 나는 네가 외출할 때마다 조마조마했어, 얘가 안 들어오면 어쩌나 싶어서. 내가 현관까지 쫓아가서 그랬어. “재영아, 오늘 저녁에 탕수육 먹을까?” 너는 신발을 신으면서 “그래.”라고 대답했어. 네가 나랑 눈도 안 마주치고 쌀쌀맞게 굴 때였는데 그때만큼은 평온한 표정으로 내 얼굴을 빤히 쳐다보는 거야. 기분이 이상했어. 나중에 네가 그랬지. 그날은 다시는, 영원히 집에 돌아오지 않겠다고 마음먹은 날이었다고, 가족도, 친구도, 발레도, 학교도 다 버리겠다고 마음먹은 날이었다고. 저녁에 재경이가 배고프다기에 내가 “언니 오면 같이 먹자. 언니랑 탕수육 먹기로 했어.” 그랬던 기억이 나. 하지만 너는 돌아오지 않았어.

네가 없는 동안 잠을 거의 못 잤어. 까무룩 잠들면 어린 네가 ‘엄마, 엄마.’ 하고 나를 찾기에 울면서 깼어. 사흘째인가 나흘째인가, 새벽 4시에 전화가 왔어. “엄마, 나 지금 집에 가.” 그때 우리가 상가주택에 살고 있었잖아. 밤에는 건물 문을 잠갔는데 문이 잠겨 있으면 네가 마음을 바꾸고 돌아갈까 봐 부리나케 내려가서 건물 문을 열고 현관문도 열어놨어. 얼마 후에 네가 들어오는 기척이 들렸어. 나는 잠든 척하며 방에 가만히 누워 있었어. 내 얼굴을 보면 네가 민망해할까 봐. 네 방문이 열리는 소리가 들리고 그다음에는 아무 소리도 들리지 않았어. 한참 후에 네 방에 갔더니 쌕쌕 숨소리를 내면서 깊이 잠들어 있더라.

내가 마음을 바꾼 게 그날이었어. 너에 대한 배신감을 버렸어. 기대감도 버렸어. 더 잘하라고, 잘할 수 있다고 채찍질했던 것, 이 정도 일도 이겨내지 못해서 무엇이 되겠느냐고 다그쳤던 것, 다이어트를 하라고, 더 예뻐지고 날씬해져야 한다고 압박했던 것, 그 모든 것을 다 버렸어. 네가 내 곁에만 있으면 그런 건 하나도 중요하지 않았어. 너를 잃을까 봐 두려웠어. 내가 찾을 수 없는 곳으로 네가 도망칠까 봐 너무 무서웠어.

매일 편지를 써서 네 도시락에 넣었어. 사랑한다고, 잘하고 있다고, 애쓰지 않아도 괜찮다고. 네가 절박하게 듣고 싶었을 말, 그러나 아무도 너에게 해주지 않았을 말을 편지에 썼어. 집에 오면 또 사랑한다고, 우리 딸이 최고라고 말해줬어. 너는 뾰로통하게 입이 나와서 대꾸도 안 했지만. 갑작스러운 내 변화가 당황스럽고, 네가 했던 행동이 미안했겠지. 여름이 지나면서 우리 관계가 차츰 회복되었어. 너는 무엇이든 열심히 하던, 예전의 그 아이로 돌아가 있었어. 가장 늦게까지 연습하는 아이, 마지막으로 연습실 불을 끄고 나오는 아이, 토슈즈가 제일 빨리 닳는 아이……. 다이어트도 독하게 하더니 입시 때까지 40킬로그램의 체중을 유지했지.

얼마 전에 통화하다가 네가 10대 시절에 힘들었던 일을 이야기한 적이 있지. 나는 왜 그 당시에 이야기하지 않았느냐고 물었지만, 사실은 알아. 네가 어떻게 나를 믿을 수 있었겠니. 나를 신뢰하며 네 고민을 털어놓을 수 있었겠니. 너는 엄마를 강요하고 지시하고 야단치는 사람으로 여겼을 거야. 그럴 수밖에 없었을 거야. 나쁜 일이 생겼을 때, 상의할 사람이 필요했을 때, 그 순간을 혼자 감당하며 외로웠을 너를 생각하니 마음이 아프다.

네가 어떤 기분이었을지 돌이켜봐. 발레를 하기에 적절하지 않은 체격을 가졌다고 자책했을 테지. 선생님의 관심을 잃고 뒷자리로 밀려나는 일이 서러웠을 거야. 그래도 열심히 노력해서 상을 받았는데 칭찬은커녕 야단만 맞고 상처받았을 거야. 경제적 지원을 받으며 무용하는 아이들 속에서 레슨비도 제때 내기 어려운 집안의 아이여서, 토슈즈 한 켤레 사는 것도 힘들어서 다 망가진 토슈즈로 연습하느라 마음을 다쳤겠지. 그런 일을 겪으며 자존감이 무너졌을 너에게 나마저 차갑고 모질게 굴었어. 네가 힘들어하는 모습을 못 본 체하고 너 혼자 견디도록 내버려 두었어.

미안해.

입안에

갇힌 말과

패배한 몸

엄마와 나 사이에는 모종의 약속이 있었다. 사실은 엄마의 일방적 약속이라고 해야겠지만, 엄마로서는 합의했다고 믿었을 약속이다. 나는 엄마에게 거짓말하지 않는다. 아무것도 숨기지 않는다. 비밀을 가지지 않는다. 엄마는 나를 투명하게 안다고 생각했을 것이다, 일기장을 읽기 전까지는. 엄마가 분노했던 진짜 이유는 내가 남자아이를 만났기 때문이 아니라고 나는 생각한다. 분노의 핵심은 딸에 대해 모르고 있다는 사실, 딸이 자신이 알던 **그 아이**가 아니라는 사실이었으므로, 엄마는 배신감에 휩싸인 채 "네가 어떻게 나한테 이럴 수 있어?"라는 말을 되풀이할 수밖에 없었을 것이다. 다만 내가 이해하지 못했던 것은 '그 아이'가 사라졌다는 상실이 왜 하필 "배신감"으로 나타났는가 하는 점이었다. 오랜 시간이 지나고 시몬 드 보부아르의 글에서 단서를 찾았다.

> …… 다행스럽게도 사내아이는 (어머니의) 이런 지배에서 쉽게 벗어날 수 있다. 풍습이나 사회가 이를 격려한다. 어머니 자신도 체념한다. 그녀는 남자에 대항한 싸움이 승산 없다는 것을 잘 알고 있다. 그녀는 비애의 어머니 역할을 하거나, 자기를 이기는 한 명의 승리자를 낳았다는 자존심을 되새기면서 자신을 위로한다. 여자아이는 그보다 더 전적으로 어머니에게 넘겨진다. 그 때문에 어머니의 주장은 강해진다. 그녀들의 관계는 훨씬 더 극적인 성격을 띤다. 어머니는 딸에게서 선택된 계급의 일원 같은 것을 인정하지 않고 자신의 **분신**을 찾는다. 그리고 자기 자신과의 관계의 모호성을 딸에게 모두 투사한다. **이 분신의 이타성(異他性)이 확립되면 그녀는 배신당했다고 느낀다.**[1]

탯줄로 연결되어 있던 아이, 젖을 받아먹던 아이, 착하고 귀엽고 사랑스러운 아이, 무엇보다 그녀의 **분신**이던 아이는 사라졌다. 엄마에게 만족과 행복을 주던 아이는 없다. 야단을 맞아가며 왼손을 쓰지 않으려고 애쓰던 아이도 없다. 엄마의 인정과 칭찬을 갈망하던 아이, 기대에 부응하려고 더 완벽해져야 했던 아이도 없다. 완전한 상실의 끝에는 엄마가 원치 않는 일, 이해할 수 없는 일, 때로는 경악할 만한 일을 하는 아이가 있다. 집, 가족, 그리고 엄마에게서 달아나려는 아이가 있다. 그러나 관계는 상실을 통해 다음 단계로 나아갈 수 있지 않을까? 엄마에게는 상실이자 배신인 일이 나에게는 분리이자 독립이 아니었을까? '엄마의 딸'로 살지 않고 '나'로 살기 위해 겪어야 했던 진통이 아니었을까?

보부아르의 말처럼 어머니가 딸에게서 발견하려는 것이 분신이라면, 내가 방황하는 10대가 되기 훨씬 전부터, 엄마가 분만실에서 "딸입니다."라는 말을 듣고 이후에 태어날 아들—끝내 태어나지 않은 아들—을 바라던 순간부터 엄마와 나의 이타성은 예견된 일이었다. 엄마가 출산 직후의 감정을 이야기했을 때 나는 이해할 수 있었고 상처받지 않았으나, 어쩔 수 없는 아쉬움을 느꼈다. 엄마가 성별과 관계없이 나의 존재에 만족했더라면, 내가 세상에서 처음 들은 말이 나를 환대하는 엄마의 목소리였다면 얼마나 좋았을까 하고. "안녕, 아가야. 네가 세상에 와서 기쁘구나." 부계 혈통 사회에서 시가에 예속된 여성에게 딸은 무조건 반가워할 수 있는 대상이 아니었다. 그러나 나는 사는 동안 "네가 세상에 와서 기쁘구나."라는 말을 온몸으로 체감했다. 나의 염원이 만들어낸 상상이 아니라 우리 사이에 실재하는 진실이었다. 나는 엄마의 기쁨이자 행복이었다. 10대가 되고 나의 내면에서 무언가가 바뀌기 전까지는.

⌂

어린 시절 나를 완전하게 하려는 엄마의 시도는 때때로 실패했다. 첫 번째 실패는 언어였다. 내가 말더듬증을 자각했던 순간을 기억한다. 평소 다니던 동네 소아과가 아닌 종합병원에 처음 간 날이었다. 엄마의 손을 잡고 긴 복도를 따라가다가 어느 방으로 들어갔다. "우리 아이가 말을 더듬어요." 엄마는 나를 옆에 앉혀놓고 맞은편에 있는 의사에게 말했다. 엄마는 내 귀를 막거나 목소리를 낮추지 않았다. 내가 그 말을 듣는 데 개의치 않았다. 엄마가 그 자리에 없는 제3의 아이에 대해 이야기하듯 나에 대해 이야기하는 것을 들었다. 엄마가 말하는 '우리 아이'가 나 말고 다른 아이일 리 없는데도 나는 두 사람의 대화에 등장하는 말을 더듬는 아이가 나라는 것을 몰랐다. 대화가 한참 이어지고 엄마가 나에 대해 이야기하고 있다는 것을 알아차렸을 때는 어안이 벙벙했다. 내가 말을 더듬는다고 생각한 적이 한 번도 없었기 때문이다.

같은 날인지 다른 날인지 기억나지 않지만, 의사와 내가 둘만 방에 남았던 때가 있었다. 나는 의사의 질문에 대답해야 했다. 간단한 질문이었지만 대답할 수 없었다. 나는 딜레마에 빠져 있었다. 평소처럼—말을 더듬지 않고—대답할 것인가, 일부러 말을 더듬을 것인가? 나는 말더듬이가 아니었다. 적어도 내 생각에는 그랬다. 그러나 내가 말더듬이가 아니면 엄마가 거짓말쟁이가 된다. 엄마를 거짓말쟁이로 만드느니 내가 말더듬이가 되는 것이 낫다는 결론을 내렸다. 병원에 갈 때마다, 의사와 이야기할 때마다 나는 말더듬이를 연기했다. 지금도 모르겠다, 병원에 가기 전까지 말을 더듬었는지 더듬지 않았는지.

어느 언어치료사는 내담자들에게서 한 가지 공통점을 발견했다. 어린 시절 교사나 부모 같은 권위 있는 어른에게 말을 더듬는다는 지적을 받은 경험이었다. 다시 말해 타자로 인해 자기 자신을 말더듬이로 인식한 '결정적 순간'이 있었다, 내가 엄마를 따라 종합병원에 갔던 날처럼. 한 연구에 따르면 2세에서 5세 사이에 나타나는 '정상적 비유창성'이 어른의 지적을 통해 '병적 말더듬'으로 진행하기도 한다.[2] 오랫동안 나를 괴롭힌 말더듬증이 선천적 결함인지 후천적 결함인지는 분명하지 않지만, 나는 결정적 순간부터 **진짜** 말더듬이가 되었다.

말을 더듬는 것은 이런 일이다. 특정 단어를 발음하려고 하면 목구멍이 닫히는 느낌이 든다. 이른바 '말 막힘' 현상이다. (어떤 학자들은 이 언어장애를 지칭하는 표현으로 '말더듬'보다 '말 막힘'이 더 적절하다고 주장한다. 말 막힘이 먼저 나타나고 다음에 말더듬증이 따라오기 때문이다.) 이때 단어는 입안이 아니라 목구멍 안에 머물러 있는 것 같다. 겨우 목구멍에서 끄집어내더라도 말은 혀끝에서 맴돌 뿐이다. 아니 '혀끝에서 맴돈다'는 표현은 너무 온건하다. 말이 입안에 갇혀 있는 상태, 이 감금 상태를 결코 벗어날 수 없을 것 같은 느낌이다.

첫음절을 발음하려고 애쓰는 사이, 나의 얼굴은 상대가 알아차릴 정도로 흉해진다. 안면 근육이 기묘하게 일그러지는 것을 느끼며 어떻게든 단어를 입 밖으로 '내던져보려고' 입술을 빼끔거리거나 눈을 깜빡이거나 머리를 흔들면서 공연한 짓을 한다. ('탈출 행동'이라고 불리는 이 행위에는 말을 더듬는 상황에서 벗어나고자 하는 절박한 심리가 담겨 있다.) 그러나 안간힘을 쓸수록 내 얼굴과 몸짓만 볼썽사나워질 뿐 말은 여전히 갇혀 있다. '엄마'라고 말하고 싶은데 '어, 어, 어……'라며 불완전한 음절만 되풀이하는 것이다. 상대의 얼굴은 동정 어린 표정으로 바뀌어간다. 나의 곤혹을 바라보느라 난감해진 상대는 시선을 다른 데로 돌린다. 또는 다른 사람에게 말을 건넨다. 내 말은 끝나지 않은 채 끝난다. 가장 참담한 것은 농담을 시도했다가 말을 더듬을 때다. 더듬거리는 농담은 상대를 즐겁게 하는 것이 아니라 당황스럽게 만든다. 누구도 웃기지 못한 채 실패한다.

공개된 자리에서 심하게 말을 더듬고 나면 모멸감, 수치심, 자기혐오가 밀려왔다. 언제 말을 더듬을지 모른다는 불안감, 망신당하는 상황에 대한 두려움은 많은 일을 회피하게 했다. 나는 언어의 타자로서 언제 언어에 버림받을지 몰라 두려웠다. 언젠가는 아무 말도 입 밖으로 꺼낼 수 없는 날이 올지 모른다, 나의 말이 입안에 영영 갇혀버릴지 모른다…….
말을 더듬는 것은 단순히 불편함의 문제가 아니다. 언어를 잃어버릴지 모른다는 공포다.

⌂

'입안에 갇힌 말'이 첫 번째 실패라면 '패배한 몸'은 두 번째 실패다. 열여덟 살 때 전신 거울 앞에 나체로 서서 몸 구석구

석을 살펴본 날이 있었다. 마음에 드는 곳을 하나라도 발견할지 모른다고 생각하면서. 작은 키, 둥근 얼굴, 군살이 붙은 허리, 툭 불거진 무릎, 넓은 어깨, 짧은 팔, 다행스럽게 긴 다리(그러나 O자형으로 약간 벌어진 휜 다리), 못생긴 발과 유난히 긴 엄지발가락(토슈즈를 신고 발끝으로 섰을 때 홀로 체중을 감당하는 탓에 여러 번 발톱이 빠졌던 엄지발가락), 밋밋한 가슴과 가슴보다 더 튀어나온 배(어떻게 여자의 몸에서 가슴보다 배가 더 튀어나올 수 있지?)……. 나는 거울 앞에 주저앉아 울음을 터뜨렸다. 머릿속에는 한 가지 질문만 맴돌았다. '어쩌다 이런 몸이 되었을까? 어쩌다?' 당시 내 키는 158센티미터였고 몸무게는 52킬로그램이었다. 어떤 사람은 내가 왜 이 숫자에 절망했는지 의아할 것이다. 158센티미터는 2018년 기준으로 한국 여성의 '평균' 신장이다. 이 키에 52킬로그램은 '표준'이다. 그러나 내가 속해 있던 세계에서 평균과 표준은 자격 미달이었다. 우리의 몸은 우월해야 했다.

발레를 시작한 것은 초등학교 때였다. 거울로 둘러싸인 연습실에서 나의 10대 시절이 흘러갔다. 발레를 시작한 지 얼마 되지 않았을 때 선생이 내 귀에 대고 속삭였다. "내가 너를 최고의 발레리나로 만들어줄게." 그녀는 나를 티 나게 편애했다. 편애는 몹시 노골적이어서 그녀에게 선택받은 아이는 단체 레슨 때도 개인 레슨처럼 지도받았지만, 그렇지 못한 아이는 눈길 한 번, 말 한마디 건네받지 못했다.

타인의 외모에 대해 말하는 것은 꺼려지지만 그녀의 키가 140센티미터가량이었다는 것을 언급해야겠다. 이 사실을 언급하는 것은 그녀가 뛰어난 실력에도 불구하고 발레리나가 될 수 없었던 이유이기 때문이다. 그녀는 발레단에 입단하고 싶어 했다. 무대에 서서 스포트라이트와 박수갈채를 받고 싶어 했다. 하지만 번번이 오디션에서 떨어졌다. 그 좌절감은 아이들을 향한 강압적 요구로 바뀌었다. 키가 더 커야 한다고, 더 말라야 한다고, 팔이든 다리든 목이든 더 길어야 한다고. 내가 아직 성장이 끝나지 않았을 때 그녀는 여러 번 말했다. "지금보다 훨씬 키가 커야 해!" 정확하게 플리에를 하라고, 완벽하게 앙디올을 하라고 요구했다면 나는 해냈을 것이다. 그러나 나에게는 늘씬함에 대한 유전자가 없었다. 초등학교에 다니는 내내 제일 앞자리에 앉았다. 열네 살 겨울에 초경을 시작했고, 중학교에 다니던 어느 무렵에 성장판이 닫혔다. 정확하게 157.8센티미터에서.

중학교 3학년 2학기가 되자 음악이나 미술, 무용을 전공하는 아이들이 늘어났다. 인문계 고등학교에 진학할 성적이 되지 않는 아이들, 대안으로 예체능 고등학교에 진학하려는 아이들이었다. 내가 다니던 발레 학원에도 동급생이 늘어났다. 새로 온 학생 가운데 유난히 눈에 띄는 아이가 있었다. 내가 이상적으로 여겼던 키를 가진 아이, 팔다리가 신기할 만큼 길쭉한 아이, 자그마한 얼굴에 완벽한 두상을 가진 아이, 발레를 하려고 태어난 것 같은 아이, 넋을 놓고 보게 되는 아이, 내가 간절히 원했으나 가지지 못한 것을 가진 아이……. 그 아이는 선생의 관심과 애정을 금세 독차지했다. "최고의 발레리나로 만들어줄게."라는 말을 들었고, 단체 레슨 때 개인 레슨을 받았다. 그 아이는 잠재력과 가능성을 지닌 과거의 나였다. 내가 서던 자리는 그 아이의 자리가 되었다. 나는 '앞자리'를 잃은 것이 아니라 그 공간에서 '설 자리'를 잃어버렸다. '몸 둘 바를 모르다'라는 관용어법이 그때만큼 실감 났던 적이 없었다. 나는 그곳에 있어서는 안 되었다.

극심한 배고픔에 시달린 것은 그 무렵이었다. 허기 때문에 잠에서 깨어났고 눈을 뜨자마자 그날 먹을 음식을 생각했다. 학교에서는 쉬는 시간마다 매점으로 달려갔고 방과 후에는 패스트푸드 가게로 향했다. 40킬로그램이 채 되지 않았던 몸무게는 45킬로그램으로, 48킬로그램으로 불어나다 50킬로그램이 넘어갔다. 엄마는 나를 나무랐다. '절제'하지 못한다고, '의지'가 약하다고. 식사 시간마다 엄마는 감시의 눈길로 내가 먹는 양을 가늠했다. 많이 먹는다 싶으면 그릇을 치우고 야단을 쳤다. 먹는 일에 죄책감을 느낄수록 '절제'나 '의지'가 생기기는커녕 더 배가 고팠다. 엄마가 잠들면 불 꺼진 주방에서 냉장고를 열고 데우지도 않은 음식을 허겁지겁 입안으로 쑤셔 넣었다. 다른 사람에게 들키지 않으려고 화장실에 숨어서 햄버거나 도넛을 먹었다. 포만감이 들자마자 자괴감에 빠졌다. 다이어트에 효과가 있다는 말에 친구에게서 정체 모를 알약을 받아먹었고, 가끔은 변기 앞에 쪼그려 앉아 목구멍에 손가락을 집어넣었다.

모든 사람이 나의 몸을 비난하는 것은 아니었다. 발레를 전공하지 않는 친구들은 이렇게 위로했다. "너 정도면 보통이야." 그 말은 나를 안심시키지 못했다. 나는 보통을 지향하지 않았다. 살이 없는 것은 물론 뼈까지 마른 상태를 지향했다. 현대무용을 전공하는 또 다른 친구는 말했다. "그래도 너는 키가 작잖아. 나 같은 여자아이가 살까지 찌면 최악이야." 친구의 키는 175센티미터였다. 지금도 모르겠다. 키가 크고 살찐 여자와 키가 작고 살찐 여자 가운데 사람들이 누구를 더 최악으로 여기는지.

소녀나 젊은 여성이 자기 몸을 비극으로 여기는 일은 발레리나 지망생에게만 일어나지 않는다. 여자아이는 어릴 때부터 배운다. 날씬해야 한다고, 남들에게 예쁘게 보여야 한다고, 자리를 많이 차지하면 안 된다고. 여자는 사회가 무엇을 요구하는지 안다. 더 마를 것, 더 눈에 띄지 않을 것, 종국에는 사라질 것. 솔닛의 말처럼 여성으로 산다는 것은 자기 소멸을 여러 방식으로 마주하는 일이다.[3] 여성의 몸에 대한 요구, 자리를 덜 차지하라는 요구는 존재감을 드러내지 말라는 요구이자 소멸하라는 요구이다. '목소리'가 없는 존재는 다른 말로 '자리'가 없는 존재다. 몸에 관해서 이것은 은유가 아니라 실제다.

간과할 수 없는 것은 마르고 날씬하고 자리를 많이 차지하지 않는 것으로도 충분하지 않다는 점이다. 소녀가 성인 여성이 되면 남성의 섹슈얼리티한 판타지까지 충족하기를 요구받기 때문이다. 예전에 '여성과 몸'이라는 주제로 여러 여자를 인터뷰했을 때 다음과 같은 이야기를 들려준 인터뷰이가 있었다.

…… 연애를 시작하자 애인은 모텔에 가려고 안달이었어요. 몇 달이 지났을 때 나도 성관계를 하는 데 합의했고요. 애인은 방에 들어가자마자 나를 눕히고 다급히 위로 올라갔어요. 그가 브래지어를 벗겼을 때 나는 눈을 감았어요. 한참이 지나도 아무 일이 벌

어지지 않아서 다시 눈을 떴더니 그가 내 위에서 가슴을 내려다 보고 있더라고요. 그가 말했어요. "아이 씨, 다 뽕이잖아." 나는 그 사실이 왜 남자를 화나게 하는지 몰랐어요. 그는 몇 번 더 짜증 섞인 말을 뱉었어요. "아이 씨, 큰 줄 알았는데. 아이 씨, 속았네. 아이 씨, 내 거 다 죽었잖아." 4학년이 되었을 때 여자 후배에게 비슷한 이야기를 들었어요. '나이 든' 나를 대신해 새로운 공대 퀸이 된 신입생이었는데 애인에게 차였다며 울더라고요. 그 아이는 정말 예뻤어요. 남자 친구라는 놈은 별 볼 일 없었고요. 도대체 네가 왜 차였냐고 물었더니 후배가 목소리를 낮추고 말했어요. "언니, 사실은 제가 절벽이거든요. 그 사람은 제 가슴을 보면 안 선대요." 예전 남자 친구가 내뱉은 말이 떠올랐어요. "내 거 다 죽었잖아." 그런 이유로 죽어버릴 것들이면 영영 죽어있는 편이 낫겠죠.

발레를 할 때 내가 가져야 했던 몸은 이차성징이 나타나지 않은 소녀의 몸, 가슴과 엉덩이는 납작한 채 키만 자란 길고 가느다란 몸이었다. 그러나 남자에게 매력적인 여자가 되고 싶었을 때 나는 내 몸이 어린아이처럼 보이지 않기를 바랐다. 풍만한 가슴과 엉덩이, 대조적으로 잘록한 허리와 늘씬한 팔다리를 가지고 싶어 했다. 이 기준을 충족하는 사람이 얼마나 될까? 자기 몸에 만족하는 사람은 또 얼마나 될까? 나는 완벽한 몸이 무엇인지 모르면서, 시시각각 변하는 아름다움의 변덕스러운 기준을 짐작하지 못하면서 그것을 동경하고 욕망했다. '모든 여성은 아름답다'거나 '누구든 자기만의 아름다움이 있다'는 말에 위로받는 사람이 있을지도 모르겠다. 그러나 나에게 그 말은 어떻게든 아름다움을 발견하라는 요구, 다시 말해 아름답지 않으면 안 된다는 압박처럼 들린다.

⌂

앞에서 '실패'라는 표현을 썼지만 나의 말과 몸을 실패라고 규정해도 될까? 나는 '말하기'를 오랫동안 두려워했고, 말더듬증이 거의 개선된 지금도 여전히 두려워한다. 체중이 늘거나 군살이 생기면 사람들이 나를 싫어할 거라는 피해의식에 시달린다. 그것을 실패라고 말할 수 있을까? 내가 실패한 점이 있다면, 나의 말과 몸을 함부로 평가했던 사람에게 제대로 맞서지 못했다는 것이다. 기준에 미달하는 말과 몸에 저항할 것이 아니라 타인의 기대에 순응하고 도달하려는 마음에 저항해야 했다.

"최고의 발레리나로 만들어줄게."라는 선생의 달콤한 말은 내가 나를 패배자라고 여기게 했다. 최고의 발레리나는커녕 발레리나 자체가 될 수 없다는 사실을 깨달았을 때 인생이 끝났다고 느꼈다. 고작 열일고여덟 살 때. '최고가 되라'는 말은 덕담이 아니라 가스라이팅처럼 느껴진다. 모든 사람이 최고가 될 수는 없다. 그럴 필요도 없다. 필요한 것은 우리가 최고가 아니라도 존중해주는 사람이다. 나는 발레리나가 되지 않았고(못했고) 글을 쓰고 있지만 최고의 작가가 되고 싶다는 생각은 하지 않는다. 쓰고 싶은 것을 '정확하게' 쓰면 좋겠다고 생각할 뿐이다. 이것이 최고가 되는 것보다 어려운 일인지 모르겠지만.

더는 나의 말과 몸을 실패작으로 여기지 않는다. 그러나 여전히 그랬다면 나의 실패를 엄마의 실패(또는 엄마가 실행한 양육의 실패)로 바꿔치기했을 것이다. 세상은 한 사람의 성패를 자주 어머니의 공과로 치환하기 때문이다. 사람들은 명문대에 입학한 자식의 어머니에게 비결을 듣고 싶어 한다. 반면 어떤 의미로든 패배했다고 여겨지는 이의 어머니는 이야기할 수 없을뿐더러 실패의 책임을 떠안는다. 엄마는 나의 콤플렉스에 책임감을 느낀다. "그때 병원에만 안 데려갔어도……" "발레만 안 시켰어도……" 내가 우울증이 심해지면 엄마는 갑자기 태교 이야기를 한다. "임신 기간 동안 스트레스를 너무 많이 받아서……" 내가 자신감을 잃으면 엄마는 오래전 나를 질책했던 일을 떠올린다. "너를 너무 억눌러서……." 엄마는 과거에 옳다고 믿었던 양육 방식이 지금은 비판받고 있다는 데 자책하고, 나의 문제가 자신에게서 비롯했다고 생각하며, 이제라도 '더 나은 엄마'가 되겠다고 다짐한다.

오랜 세월 정신의학은 정신병리의 원인 제공자로 어머니를 지목함으로써 "엄마 때문이야."라는 말에 근거를 부여했다. 범죄, 우울증, 인격장애, 조현병, 심지어 동성애에 이르기까지 어머니는 모든 것의 이유였다. 나는 엄마, 아빠, 조부모, 자매, 발레 선생, 친구, 연애 상대 등 내가 맺어온 관계와 나에게 일어난 사건을 다각적으로 바라보려고 노력한다. 어머니'만' 원인이라는 견해에 동의하지 않는다. 그 말은 모성을 향한 사회적 명령의 일부처럼 보인다. 그 명령이란 '어머니는 자식에 대한 모든 책임을 떠안으라'는 것이다. 나는 여러 사람과 관계 맺고 여러 사건에 영향을 받았지만, 정신의학은 생애 초반에 이루어진 단 한 사람과의 관계에 주로 집중한다. 거기에는 아버지도, 다른 가족도, 또래 집단도, 선생도, 사회적 억압도 존재하지 않는 것 같다.

하미나 작가는 젊은 여성의 우울증을 탐구한 책 《미쳐있고 괴상하며 오만하고 똑똑한 여자들》에서 '나쁜 엄마'를 비난해온 유구한 역사에 대해 말한다.

> 엄마와 딸이 사랑과 증오가 뒤섞인 난장에서 함께 미쳐 뒹구는 동안, 아빠는 난장의 원인을 제공했으나 그곳에 개입하지 않는 방식으로 비난의 화살을 피해 간다. 다양한 맥락 속에서 발현되는 정신질환을 가족 내의 문제로 납작하게 환원하는 것 또한 사회가 책임을 회피하는 방식이다. …… 가족 탓은 네 탓만큼이나 문제를 개인화하며, 마치 수렁과 같아서 모두가 이 비난에서 헤어 나오기 어렵다. '완벽한 가족'이란 없기 때문이다.[4]

사실은 나도 엄마에게 그렇게 말하고 싶었다. 왜 말더듬이라는 인식을 심어주었느냐고, 열등감에 빠져 있을 때 지금 네 모습 그대로 괜찮다고 말해주지 않았느냐고. 엄마는 고개를 숙일 것이다. 사과할 것이다. 어머니는 자식 앞에서 그토록 쉽게 죄인이 된다. 한때는 나도 말더듬증을 흉내 내며 조롱하는 아이들보다, 무관심으로 일관하는 발레 선생보다 엄마를 더 원망했다. 내가 엄마에게 원망을 드러낼 수 있었던 이유는 역설적으로 엄마를 믿었기 때문이다. 모든 사람이 나를 떠나도 엄마만은 나를 떠나지 않을 거라는 믿음, 세상이 나를 버려도 엄마만은 나를 버리지 않을 거라는 믿음.

엄마에게 증오를 표출하고 책임을 전가하느라 나와 엄마를 둘러싼 세계에 대해, 그 세계가 여성에게 가하는 폭력과 차별에 대해 질문하지 못했다. 소녀에게 예쁘고 날씬하라고 강요하는 문화의 병폐를 지적하는 대신, 같은 사회에서 같은 인식을 주입받은 또 한 명의 여성으로서 다이어트를 권하는 어머니를 비난하기란 얼마나 쉬운가? 우리는 세계의 실패를 직시하는 대신 그 실패를 어머니라는 개인에게 떠넘김으로써 근본적 원인을 은폐한다. 어머니도 다른 모든 이와 마찬가지로 실패하는 존재임에도 불구하고. 나처럼, 모든 사람처럼, 한때는 미숙했고 영원히 불완전할 수밖에 없는 한 인간임에도 불구하고.

"여자가 여자를 키우는 데에는 그런 모순이 있는 것 같아."라는 엄마의 말은 딸을 둔 어머니가 흔히 가지는 이중성을 대변하는 것 같다. 페미니스트 학자이자 작가인 재클린 로즈는《숭배와 혐오》에서 어머니는 딸이 불리하거나 위험한 상황에 놓이지 않도록 세상이 변화되어야 한다는 마음과, 현재의 세상에서도 딸을 무탈하게 키우려면 자녀의 사고와 행동을 제한해야 한다는 생각 사이에서 갈등한다고 말한다. 많은 경우 전자는 소망으로 그치는 데 반해 후자는 행위로 나타난다. 우리 관계에서도 이것은 반복되는 행위였다. 엄마가 무언가를 하지 말라고 하면('늦게 다니지 마라', '노출이 많은 옷을 입지 마라', '밤에 남자와 단둘이 있지 마라') 나는 왜 그래야 하냐고 따지는 식으로. 더 나은 세상에 대한 소망과 딸을 지켜야 한다는 의무 사이에서 갈팡질팡하는 어머니에게 "엄마 때문이야."라는 말은 가혹하다. 나아가 어머니의 실패만을 부각함으로써 세상의 실패를 숨긴다.

로즈는 "모성이란, 우리 문화 속에서 온전한 인간이 무엇인지를 둘러싼 갈등의 현실을 가두거나, 더 정확히 말하자면 그 현실을 가두는 장소"[5]라고 말한다. 모성은 개인적이거나 정치적인 결함, 세상의 모든 잘못과 불의에 책임지는 희생양인 동시에 그것을 바로잡아야 하는 불가능한 임무까지 부여받는다. 이어서 그는 질문한다. "우리 사회와 우리 자신과 관련해 생각하기조차 힘든 일을 모두 어머니에게 떠넘기면서, 과연 우리는 무엇을 하고 있는 것일까. 우리는 어떤 사회적 약속이나 내적 삶 또는 역사적 불의 따위를 외면하려는 것일까. 대체 우리는 어머니에게 어떤 짓을 저지르고 있단 말인가."[6] 나는 덧붙여 묻고 싶다. 끝없이 요구받고 끝없이 책임지는 것은 한 개인이 감당할 수 있는 일인가? 세상의 부조리를 외면한 채 어머니만을 처벌하는 것은 정당한가? 모성에 대한 단일한 주장은 여성이 자기 안의 다양한 정체성과 대면하는 것을 방해하지 않는가? 나아가 어머니가 되지 않기로 한 여성, 모성을 절대적 소명으로 여기지 않는 여성은 언제나

이기적 존재로 묘사되지 않는가?

20세기 중반의 정신과 의사들이 지배적 어머니, 과도하게 걱정하는 어머니, 지나치게 꼼꼼한 어머니, 완벽주의자 어머니, 집착하는 어머니가 조현병 환자를 만든다고 본 것처럼,[7] 어머니는 자식의 결함에 대해 모호하고 모순적인 비난을 받는다. 너무 애착해서, 너무 무심해서, 너무 사랑을 표현해서, 너무 분노를 드러내서, 너무 엄격해서, 너무 너그러워서, 너무 강해서, 너무 약해서, 너무 가까워서, 너무 멀어서, 너무 희생적이어서, 너무 이기적이어서……. 그러나 어디까지가 '너무'일까? 누가 이 사이에서 언제나, 완벽하게 균형을 유지할 수 있을까?

물론 세상에는 '어머니답지 않은' 어머니가 있다. 딸에게 끝없는 희생과 양보를 요구하는 어머니가 있고, 아들만 귀하게 여기는 어머니가 있고, 어린아이를 학대하거나 방치하는 어머니가 있고, 자녀를 소유물로 여기는 어머니가 있다. 그러나 자식에게 상처를 주는 어머니가 있다는 사실과 별개로 '어머니다움'에 대한 정의는 일종의 신성(神聖)이다. "신은 모든 곳에 있을 수 없기에 어머니를 만들었다."라는 말처럼 이상적 어머니상은 신에 필적하기에 모든 어머니는 실패한다. 반드시 실패한다. 어머니가 '실패하는 존재'라는 사실을 인정하지 않는다면 앞으로도 우리는 어머니에게 불가능한 요구를 계속할 것이다.

엄마와 나, 모성과 사회의 관계에 대해 조금이나마 이해하려고 엄마가 나에게 요구한 것과 더불어 내가 엄마에게 요구한 것을 돌아본다. 나는 엄마가 '언제나' 나를 사랑하기를 원했다. '무조건' 지지하기를 바랐다. 그러나 나도 엄마를 '언제나' 사랑하지는 않았다. '무조건' 지지하지도 않았다. 누구도 타인을 '언제나' 사랑하거나 '무조건' 지지하는 것은 불가능에 가깝다. 엄마는 나의 10대 시절에 관해 이야기하며 몇 번이나 사과했다. 엄마가 가장 미안해하는 것은 나를 미워했다는 사실이다. 그러나 진실은 다음과 같은 구절에 있다. "엄마도 아이를 사랑한다. 하지만 핵심은 이것이다. 증오도 사랑의 일부다."[8] 엄마의 이야기가 죄책감에 대한 회고로서 고해성사의 성격을 띠는 것은 우리가 **단일한 모성 신화**의 세계에서 살고 있기 때문이다. 그 신화의 세계에서 엄마는 '언제나' 아이를 사랑하고 헌신하고 희생한다. 그곳에는 미워하는 어머니도, 실패하는 어머니도 없다.

⌂

내가 40대 중반이 된 지금도 육아 프로그램을 시청하며 "좋은 엄마"가 되기 위해 노력하는 엄마에게서 모성의 굴레를 본다. 나 역시 엄마의 지대한 영향력 아래에서 자랐다는 사실을 인정하면서, 동시에 "나는 결코 어머니가 없었다."라고 선언하면서, 동시에 모성이 모든 결함의 원인이자 결과라는 이데올로기에 반대하면서 나는 '좋은 어머니'가 되지 않기로, 나아가 '어머니'가 되지 않기로 했다. 비출산 여성은 똑같은 질문을 끝없이 받는다. 아이가 있는 사람에게 '왜 아이를 가졌느냐?'고 묻지 않으면서 아이가 없는 사람에게는 '왜 아이를 가지지 않느냐?'고 묻는다. 출산이 기본값인 사회에서 다른 선택을 한 사람은 언제나 '왜?'라는 물음에 직면하고 자기 선택의 타당성을 입증해야 한다.

나는 이유를 말할 수 있다. '아이를 낳으면 어떨까?'라고 상상한 적은 있지만 상상을 실행할 욕구는 생기지 않았던 것이 이유다. 나의 이유는 단순하지만 '왜 그런 욕구가 생기지 않았느냐?'고 묻는다면 대답은 단순할 수 없다. 여기에는 한국의 합계출산율(한 여성이 가임기에 낳을 것으로 기대되는 평균 출생아 수)이 1명 이하(2022년 3분기에는 0.79명)로 떨어진 지금도 성평등이 저출생 문제의 본질임을 외면하는 사회적 배경이 있다. '전국 가임기 여성 지도(현재는 '대한민국 소멸 지수'로 바뀌었다)'와 같이 여성을 재생산 도구로만 취급하는 정책이 있고, 양육과 경력에서 양자택일을 요구받는 성별이 대체로 여성이라는 현실이 있으며, '노키즈존'처럼 아동과 (대다수가 여성인) 주 양육자를 노골적으로 배제하는 분위기가 있다.

나는 '어머니 되기'와 마찬가지로 '어머니 되지 않기'도 집단적 욕망이라고 생각한다. 딸에게는 '최초의 여성상'인 어머니가 수동적 어머니, 무력한 어머니, 자기 자신을 소멸시키는 어머니라면 **영웅**—'영웅(hero)'은 '그(he)'를 상정한다—이 되고 싶은 여성이 가장 먼저 거부해야 하는 대상은 모성으로 상징되는 여성성이다. '어머니 되기'와 다르게 '어머니 되지 않기'가 개인적 욕망으로 보이는 것은 일종의 착시현상이 아닐까? '어머니 되기'는 자연스럽고 당연한 욕망으로 존중받지만 '어머니 되지 않기'는 반 본능적이고 반사회적인 영역으로 추방당하기 때문이다.

'어머니 되지 않기'라는 이 집단적 욕망에 개인적 이야기를 덧붙일 수도 있을 것이다. 남성-사회가 원하는 사람에서 원하지 않는 사람이 되기로 결심한 과정에 대해, 엄마를 통해 목도한 가부장제 속 여성의 삶에 대해, 나보다 독립적이고 주체적이며 빛나는 재능을 지닌 여성이 임신과 출산, 양육의 과정을 거치면서 존재가 희미해지는 것을 목격한 경험에 대해. 그러나 내가 진짜 하고 싶은 말은 '왜 아이를 가지지 않느냐?'는 질문에 대답하지 않아도 된다는 것이다. 나에 대해 이야기할 수 있는 사람은 나뿐이지만 나는 말하고 싶지 않을 때 침묵할 수도 있다.

어떤 사람들은 어머니가 아닌 여성은 모성을 논할 자격이 없다고 생각한다. 이디스 훠턴의 소설 《어머니의 보상》이 '자식이 없고 어머니와 적대적 관계에 놓인 여성 작가의 불평'이라고 혹평 받은 것처럼[9], 시몬 드 보부아르의 《제2의 성》이 '아이를 낳을 권리를 행하지 않은' 여성의 주장이라 신빙성이 떨어진다고 비판 받은 것처럼.[10] 그러나 에이드리엔 리치는 "'아이 없는(childless)' 여성들"[11]이 여성의 보편적 경험에 제공한 통찰에 주목하며, 브론테 자매부터 시몬 드 보부아르까지, '아이 없는 위대한 여성'의 이름을 열거한 뒤 말한다. "……(이들이) 없었더라면, 오늘날 우리 모두는 여성으로서 정신적인 영양실조에 걸렸을 것이다."[12]

학문적·문학적으로 업적을 쌓은 인물이 아니라도 우리에게는 다양한 여성의 이야기가 필요하다. 오랜 세월 모성을 신성시하고 절대시할 수 있었던 이유, 여성의 본능이자 소명으로 추켜세울 수 있었던 이유는 여러 조건과 정체성을 가진 사람이 모성에 대해 발언할 기회를 얻지 못했기 때문인지 모른다. 그렇게 모성은 찬양과 숭배의 대상이거나 처벌과 단죄의 대상으로서만 존재했고, 이상화되거나 폄하된 채 비판적 담론의 바깥에, 비현실성의 영역에 머물렀다. 어머니를 비롯해 비출산 여성, 다양한 성 정체성과 성적 지향과 가족 형태를 가진 사람이 모성에 대해 이야기한다면, 우리는 경험적 모성만이 아니라 정치적 이데올로기로서, 역사적 문화적 맥락으로서, 제도와 정책으로서 모성에 대해 이야기할 수 있을 것이다. 모성에 덧씌워진 신화를 걷어낼 때 우리는 자신과 어머니에 대해 더 많은 사실을 알 수 있을 것이다.

네 번째 앨범

여성의 일에 대한 두 가지 신화

나라도 정신을 바짝 차려야 했어.

자칫하면 우리가 이대로 고꾸라져서

영영 못 일어날 수도 있겠다 싶었어.

그래, 내가 어디라도 나가서 돈을 벌어오자.

그런데 어떻게?

장사를 하려 해도 밑천이 없어,

집에만 있었으니 세상 물정도 몰라,

졸업하자마자 시집왔으니 기술도 없어.

아무것도 없으면 독하고 악착같은 성향이라도 있어야 하는데

나에게는 그런 억척스러움도 없는 거야.

엄마가 가정 밖으로 나가

새로운 전선으로 뛰어든 이유는 하나였다.

남편을 대리하여 일시적으로나마 가족을 부양하는 것.

엄마의 노동은 언제나 '스위트홈'에 복무하는 것이었다.

아빠가 건재할 때는 집 안에서 노동함으로써,

아빠가 부재할 때는 집 안팎에서 이중으로 노동함으로써.

엄마의 노동은 개인적 포부나 의식의 변화에 따른 것이 아니라

오로지 가정을 지켜야 한다는 책임감에 기인한 것이었다.

‘스위트홈’

이라는

의무

아빠가 운영하던 호텔이 경매로 넘어가고 하루아침에 빈털터리가 되었을 때 너희는 열다섯 살과 열세 살, 나는 서른아홉 살이었어. 집을 처분하고 오래된 아파트에 전세로 이사했지. 그 전까지 아빠는 부유했던 아버지의 그늘에서 살았지, 자기 힘으로 무언가를 일궈낸 적이 없었어. 할아버지는 돌아가셨고, 재산은 날려버렸고, 감당 못할 빚이 생겼고, 돈이 들어올 곳은 하나도 없었어. 처음으로 아빠는 맨바닥에서 혼자 일어서야 했던 거야. 한동안 이 사람이 술을 많이 마셨어. 압박감과 절망감에 어찌할 바를 몰랐겠지. 아빠는 속내를 드러내지 않잖아. 내가 힘들 때 "힘들지?"라고 묻지도 않지만 자기가 힘들 때 "힘들다."라고 말하지도 않는단 말이야. 아빠가 표현하지 않아도 알겠더라. 아, 이 사람이 자포자기한 상태구나, 너무 낙담해서 일어설 힘조차 없구나.

나라도 정신을 바짝 차려야 했어. 국민학생, 중학생인 자식 둘에 시어머니까지 계시는데 자칫하면 우리가 이대로 고꾸라져서 영영 못 일어날 수도 있겠다 싶었어. 그래, 내가 어디라도 나가서 돈을 벌어오자. 그런데 어떻게? 장사를 하려 해도 밑천이 없어, 집에만 있었으니 세상 물정도 몰라, 졸업하자마자 시집왔으니 기술도 없어. 아무것도 없으면 독하고 악착같은 성향이라도 있어야 하는데 나에게는 그런 억척스러움도 없는 거야.

생각을 잘했으면 좋았을 뻔했어. 위기를 기회로 삼을 수도 있었을 텐데……. 좀 다른 이야기인데 나는 결혼하고 나서 내 소질을 발견했어. 북성로에 살 때 이불을 빨았는데 요즘처럼 이불솜에 침구를 씌우는 게 아니라 이불 홑청을 꿰매야 했거든. 나에게는 첫 바느질인데 해본 적도 없는 그 일을 내가 진짜 잘하는 거야. 밤새도록 이불 홑청을 꿰매는데 시간 가는 줄도 모르겠고 재미있더라고. 간격을 딱딱 맞춰서 바느질한 부위가 올록볼록 올라오게 만들어서는……. 할머니도 나중에 보시곤 잘했다고 칭찬하셨어.

내가 옷을 좋아하잖니. 비싸지 않은 옷이라도 소새나 색깔을 잘 골라서 직접 수선해서 입는 거야. 그러면 사람들이 어디서 샀느냐고 많이 물어봤어. 나중에는 친구나 지인이 부탁해서 옷 수선을 종종 해주었는데 다 놀랐어. 예쁘게 잘 고쳤다고 놀라고, 내가 손바느질한 게 재봉틀로 한 것보다 더 꼼꼼하다고 놀라고. 한 친구가 말하길, 우리가 대학 갈 때 이화여대에 자수공예과가 있었대. "너는 역사학과에 갈 게 아니라 자수공예과에 갔어야 했네. 그랬으면 명인 소리 들었겠다." 나도 그 일이 재미있는데 사람들이 감탄하고 칭찬하니까 그제야 알았어. 이런 게 소질인가 보다, 내가 감각도 있고 손재주도 있구나.

패브릭으로 뭔가를 만들어보고 싶어서 홈패션 책과 재봉틀을 샀어. 너희 옷도 만들고 피아노 덮개도 만들고 커튼도 만들었어. 아, 얼마나 재미있던지! 그때는 반려견이라는 개념도 없고 개에게 옷을 입히는 사람도 없었는데, 어느 겨울에는 우리 집 마당에서 지내던 벤에게 스웨터도 짜줬어. 다음 날 마당에 나갔더니 벤이 스웨터를 다 찢어발겨 놔서 속상했지만. 재경이가 패션 디자이너가 된 데 대해 대리만족감도 있어. 나에게서 그 분야에 대한 감각과 소질을 물려받지 않았을까, 그런 생각도 하고. 재경이가 동의할지는 모르겠네.

형편이 어려워졌을 때, 잘하고 좋아하는 일을 했으면 어땠을까? 양재 학원에 다니든, 업계에 들어가서 일을 배우든 본격적으로 시작했더라면 내 인생이 달라지지 않았을까? 30대 후반이면 아직은 젊은데, 기술을 배워서 내 걸 일궈나갈 수 있는 나이인데……. 친구 말처럼 명인까지는 아니어도 평생 직업이 되었을지도 모르고, 경제적으로 자립할 기회가 되었을지도 모르지. 적어도 우리 가족이 먹고살 걱정 없이 지냈을 수도 있지. 살면서 이게 가장 후회스러워. 자립할 수 있는 절호의 순간을 날려버렸던 게, 더 나은 사람이 될 기회로 만들지 못했던 게.

내가 할 수 있는 일과 할 수 없는 일을 구분하지도 못했어. 아주머니들은 보험 영업을 많이 한다기에 무작정 그 일을 하러 갔어. 그런데 영업을 할 수 있겠니? 부끄러움이 많아서 처음 보는 사람 앞에서 말도 못 하는데, 쓸데없는 자존심만 강해서 남에게 아쉬운 소리 하는 게 죽기보다 싫은데. 한 달에 몇 건이라도 계약해야 수입이 생기는데 어찌할 바를 모르겠는 거야. 아빠 지인들이 가입해준다기에 찾아가긴 했는데 계약서를 받고 돌아서면서도 이건 아니다, 다시는 이러지 말자 했어.

지금 내 생각은 그래. 형편이 어려울수록 보험이 필요하다고, 더 힘든 일이 생길 경우를 대비해야 한다고. 하지만 그때는 보험을 잘 알지도 못했고, 가입을 권하는 게 도와달라고 부탁하는 것처럼 느껴졌어. 지인들도 필요해서가 아니라 나를 도와준다는 선심으로 가입했고. 내가 일방적으로 민폐를 끼치는 모양새가 되었는데 그런 방식으로 얼마나 일할 수 있었겠니? 하루하루 버티는 심정으로 1년 정도 하다가 내 무능함만 깨닫고 그만뒀어.

그러고도 여러 가지 일을 했어. 식당 일도 하고, 커피도 팔고, 옷도 팔고, 한동안은 네가 다니던 발레 학원에서 학원 차도 운전했지. 아빠도 어떻게든 가세를 일으키려고 안간힘을 쓰고 있었는데 손대는 일마다 안 됐어. 몇 연도더라……. 네가 대학에 막 들어갔을 때인데 아빠가 벌인 일이 다시 실패하면서 그해 겨울에는 정말 막막했어. 게다가 1년 전쯤에 너희 삼촌이 보증을 서줘서 대출을 받았는데 상환 날짜가 다가오고 있었어. 큰일 났다, 우리도 우리지만 삼촌이 피해를 보면 안 되는데, 시동생이 나를 믿고 보증을 서줬는데 이 일을 어떡하지? 정말이지 미칠 것 같았어. 그런 상황에서 생활 정보지를 보는데 대리운전 기사를 모집하는 구인 광고가 있더라고. 대리운전이라는 직업이 처음 생겼을 때야. 무슨 일인지도 정확히 모르면서 운전은 할 줄 아니까 일단 찾아갔어. 사무실도 집 근처더라고. 1990년대에 내비게이션이 어디 있니. "저는 길도 모르고 이런 일도 처음인데 할 수 있을까요?" 그랬더니 "해봅시다." 그러더라고. 길은 손님이 알려줄 거라면서.

그날 저녁부터 일을 시작했어. 내가 손님 차를 운전하면 뒤에서 업체 차가 따라와. 손님을 내려주면 뒤따라온 차가 나를 데리고 돌아가는 거야. 처음 손님을 태우고 간 곳이 대구 외곽의 신도시였는데, 지금 생각하면 성서¶가 아닌가 싶어. 새벽 2시였나, 아파트 단지에 손님을 내려주고 업체 차를 운전하는 젊은 아지야¶¶랑 통화하는데 내 위치를 모르겠는 거야. 아파트 이름을 말해도 동네 전체가 아파트니까 아지야도 몰라. 내가 간판을 보고 상호를 불러주면 아지야가 모르고, 아지야는 무슨 사거리에 있다는데 나는 거기가 어디인지 모르고. 길거리에 한 시간 넘도록 서 있었는데, 한겨울이잖아, 코와 뺨이 새빨갛게 얼었어. 그 뒤로 몇 년 동안 찬바람만 살

¶ 대구 달서구의 서북권 지역 일대를 통칭한다.

¶¶ '아지야'는 간단히 설명하면 '아저씨'의 경상도 지방 사투리다. '아재'는 주로 남자들이 사용하는데 '아지야'는 여자들이 쓰는 표현이다. 나이 든 남자보다 젊은 남자에게 사용하는 경우가 많고 '삼촌', '총각' 등의 의미까지 뒤섞여 있는 듯하다. '아저씨'보다는 친밀감을 더한 표현이라고 할 수 있을 것 같다.

짝 불어와도 코와 뺨이 새빨개지더라고. 안면홍조증인가 뭔가……. 추위보다 무서움이 더 컸어. 내가 엄청나게 겁이 많잖아. 한밤중에 낯선 동네를 헤매는데 너무너무 무섭더라고. 그래도 어찌어찌 아지야랑 만나서 그날은 잘 돌아왔어.

며칠 후에는 대구 경계를 넘어서 경산시인지 하양시인지까지 갔어. 거기도 새로 아파트가 들어서던 곳이야. 손님이 나를 배려해주느라 그랬겠지만 톨게이트만 지나서 차를 세우래, 거기서부터는 알아서 가겠다고. 손님이 떠나고 보니까 트럭이 잔뜩 주차해 있는 야심한 대로에 나 혼자 덩그러니 남아있는 거야. 인가도 상가도 없고 사람 하나 안 지나다니는 곳에. 무서워서 눈물이 쏟아졌어. 아지야에게 전화해서 트럭이 많은 대로에 있다고 울먹거리면서 말했어. 새벽 3시였는데 누가 트럭 뒤에서 튀어나올 것 같고, 혼자 도로에 서 있다가 해코지당할 것 같고 정말 공포스러웠어. 대리운전은 보름쯤 하고 그만뒀어. 그 며칠 동안 살이 쑥쑥 빠지더라고. 아빠는 내가 그 일을 하는지도 몰랐어.

가장 어려운 게 장사인데, 그때는 가장 쉬운 게 장사로 보였어. 취업을 못 하니까 오히려 장사가 접근하기 나아 보였던 거야. 친척과 친구 들에게 종잣돈을 빌려서 시내에서 카페도 하고 시장에서 횟집도 했어. 잘 될 리가 있겠니. 다급한 마음에 잘 알지도 못하는 일을 시작한 데다 목이 나쁜 자리, 싸게 나온 가게에 들어갔고 경험이 없으니 일도 미숙했지. 식사 시간에 손님 하나 없는 가게에 혼자 있으면 미칠 듯이 초조했어. 너그러워질 수도, 여유로워질 수도 없는 거야. 악순환의 반복이었지. 불안하니까 잘못된 선택을 하고, 잘못된 선택을 하니까 실패하고, 실패하니까 더 초조하고…….

이상한 게 횟집을 할 때 물일을 하니까 손이 터야 하잖아. 그게 아니라 발가락이 터져서 갈라지고 피가 나더라고. 엄청 쓰라리고 아팠어. 왜 그런지 지금도 모르겠어. 내 생각이 맞는지 모르겠지만 고생스러우면 의외의 곳이 다 아프구나 싶었어. 내가 일해본 사람이 아니어서 그렇겠지만 목과 어깨, 손목과 발목, 무릎과 팔꿈치 같은 데가 탈이 나서 아침에 몸을 못 일으키겠는 거야. 집안일을 하던 정도에서 강도가 높아지니까 근육이나 관절에 무리가 온 거겠지. 내가 숙련되지 못해서 그랬는지, 아니면 일이 원래 그런 건지.

웬만해선 자존감이 꺾이지 않는데, 장사가 다 망하고 나니까 내가 아무짝에도 쓸모없는 사람처럼 느껴지더라. 학창 시절에는 공부도 잘하고 선생님에게 칭찬만 받았는데, 시집 뒷바라지를 하다가 형편이 어려워지니까 세상에 나처럼 무능하고 밥만 축내는 사람이 또 있을까 싶은 거야. 여러 일을 했지만 결국 남의 가게에서 일하는 게 마음 편하겠다 싶어서 지인이 운영하던 식당 주방에 들어갔어. 나는 그 일을 가사 노동의 연장선이라고 생각했어. 밥하고 설거지하고 청소하는 건 결혼 후에 언제나 했던 일인데 똑같은 일을 하고 돈을 받잖아. 집에서 대가도, 인정도 없이 하던 일에 값을 매겨주고 월급을 주잖아. 얼마나 마음이 편하니.

오히려 주방 일을 하면서 자긍심을 회복했어. 집에서는 설거지한다고 돈 주는 사람도 없는데 여기는 돈을 주네? 내가 매일 하던 일이 돈이 되네? 아, 생활비도 벌고 가족에게 보탬도 되니까 좋다. (엄마는 웃었다.) 내가 같이 일하는 사람들을 정중하게 대했더니 그 사람들도 나를 존중해줬어. 젊은 아르바이트생 중에 약간 날라리? 같아 보이는 아이들도 있었는데 자기들끼리는 욕을 하고 쌈박질하면서도 나에게는 깍듯하게 대해줬어. '아줌마'라고 부르지 않고 '사모님'이라고 부르면서. (엄마는 또 웃었다.) 세상에 자기 존중해주는 것 싫어하는 사람은 없다.

내가 벌어오는 돈이 많지는 않아도 알뜰하게 관리하면 기본적인 생활은 할 수 있었어. 보험 대출을 받아 돌려막은 셈이지만 삼촌에게 피해가 가지 않도록 대출금도 갚았어. 2000년대 들어서면서 아빠가 시작한 일이 조금씩 풀리기 시작했어.

상황이 가장 나빴던 때는 1990년대 중반부터 2000년까지. 아빠 일이 괜찮아지면서 2001년 가을에 달서구 상인동에 있는 아파트로 이사했어.

아무리 노력해도 이 상황에서 벗어날 수 없을 것 같았을 때는 삶이 힘들다고 생각했어. 미래에 희망이 없어 보였어. 지금은 그렇지 않아. 내가 힘들었나 하고 자문해보면 사는 게 그렇지, 나만 특별히 힘들었겠나 싶거든. 잘 살아왔어. 책임을 저버린 적도 없고, 자존감이 흔들린 적은 있을지언정 무너지지 않았고, 나 자신에 관해 생각하고 질문하는 일도 멈추지 않았어. 너희를 보면 각자의 몫을 하고 있구나, 뿌듯한 마음이 들어. 너는 글 쓰는 사람으로, 재경이는 디자인하는 사람으로 열심히 일하고 있지. 둘 다 독립적이고 성실하고 책임감이 강해. 나는 비록 시대의 관습에 저항하지 못했지만 너희를 보면 내가 아무 의식 없이, 상황이 이끄는 대로만 살지는 않았다는 생각이 들어. 그랬으면 나의 딸들이 이렇게 자라지 못했을 테니까. 한낱 자기 위로고 합리화인지도 모르지. 너희의 삶은 나의 삶이 아니고 부모 자식도 엄연히 별개의 인간이지만, 너희의 좋은 면을 발견할 때 내가 영향을 준 부분도 있을 거라고 믿어.

나의 '일'에 대해

말하는 것은

'폭력'에 대해

말하는 것이다

나는 이 장에서 엄마의 '노동'에 대해 딸이자 다음 세대 여성으로서 이야기하려 한다. 이 문장은 어폐와 누락을 함께 담고 있다. 어폐는 작은따옴표로 강조함으로써 부적절함을 드러내고자 한 '노동'이다. 엄마의 노동이라니, 내가 목격한 바에 의하면 엄마는 하루도 노동하지 않은 날이 없었다. 엄마가 유급 노동에 종사하기 한참 전부터 수행해왔던 또 다른 노동은 노동으로 여겨지지 않았다는 사실을 말하기 위해, 또한 여성의 노동에 대한 논의는 거의 항상 보수가 따르는 일을 뜻한다는 사실을 말하기 위해 나는 일부러 어폐를 담아

썼다. (나는 가사 노동자를 '집에서 노는 여자'라고 부르는 사람을 봤다. 여성 운전자에게 "집에 가서 밥이나 하라" 또는 "애나 보라"고 소리치는 남성 운전자를 봤다. 누군가는 가사와 돌봄노동을 전담하는 나의 여자 친구들에게 "이제 일은 안 할 거냐?"라고 묻는다. 이들이 지금 가정에서 하는 일은 '진짜' 일이 아니라는 듯이.)

'딸'이자 '다음 세대 여성'이라는 말은 두 가지 사실을 누락한다. 나는 (엄마가 평생 반복해온 무급 노동의 수혜자인) 딸이자, (무급 노동을 담당하는 성별이 주로 여성이라는 현실에 비판적인) 다음 세대 여성이다. '딸이자 다음 세대 여성'이라는 말은 '수혜자이자 비판자'라는 말로 바꿔 쓸 수 있다. 이 글의 첫 문장에는 이중적인 내가 있다. 엄마의 노동에 대해 말하는 것은 나의 이중성을 직시하는 일이다.

청소년기에 내가 목도한 장면은 보험 영업에 필요한 교육을 받기 위해 서울행 첫 기차를 타려고 어둑한 새벽길 속으로 총총 사라지는 엄마, 가족들 가운데 가장 늦게 귀가하고 가장 일찍 일어나 자식들의 도시락을 만들고 시어머니의 아침 식사를 준비하는 엄마, 새벽에 퇴근하여 숨소리조차 내지 않고 잠들던 엄마다. 그러나 엄마의 이야기를 듣기 전까지 나는 보험 계약서를 들고 우물쭈물하는 엄마, 손님을 목적지에 내려준 뒤 캄캄하고 낯선 길 위에서 무서워하는 엄마, 텅 빈 가게에서 창밖을 우두커니 바라보는 엄마를 상상하지 못했다. 그 시절 엄마가 했던 일은 대강 알고 있었지만 내가 보지 않은 모습을 구체적으로 상상한 적은 없었다.

엄마가 생계를 위해 '바깥일'을 할 때도 '집안일'을 대신하거나 함께해준 사람은 없었다. 가족 모두가 가사노동을 엄마의 '일'로, 어쩌면 '역할'로 여겼다. 과거나 지금이나 집 안팎에서 이중 노동에 시달리는 여성은 나의 엄마만이 아니다. 일하는 여성의 다수가 그렇다. 흔히 성역할을 생계 부양자인 남성과 가사 노동자인 여성으로 이분하지만, 이것은 중산층 가운데에서도 일부일 뿐, 많은 여성이 생계 부양자이자 가사 노동자로서 이중 굴레에 갇힌다.[1]

엄마가 가정 밖으로 나가서 새로운 전선으로 뛰어든 이유는 하나였다. 남편을 대리하여 일시적으로나마 가족을 부양하는 것. "국민학생, 중학생인 자식 둘에 시어머니까지 계시는데, 자칫하면 우리가 이대로 고꾸라져서 영영 못 일어날 수도 있겠다 싶었어."라는 말은 엄마의 노동이 언제나 '스위트홈'에 복무하는 것이었다는 사실을 알려준다. 아빠가 건재할 때는 집 안에서 노동함으로써, 아빠가 부재할 때는 집 안팎에서 이중으로 노동함으로써. 엄마의 노동은 개인적 포부나 의식의 변화에 따른 것이 아니라 오로지 가정을 지켜야 한다는 책임감에 기인한 것이었다.

"하루아침에 빈털터리가 되"기 전까지, 강요받은 성역할을 수용한 채 집 안에 고립되어 있던 중산층 여성에게 "어디라도 나가서 돈을 벌어"와야 하는 상황은 두려움으로 다가왔을 것이다. 다만 어떤 두려움도 가정이 깨어지는 두려움에 비할 바는 아니었기에, 또한 아내-며느리-어머니로서의 책임감이 두려움보다 더 컸기에 그녀는 용기를 내어 바깥으로 나가야 했다. 그리고 아빠가 생계 부양자의 역할을 되찾았을 때 엄마는 자신이 있던 자리로, 가사 노동자로 돌아갔다.

⌂

엄마와 나의 '일'과 관련한 경험을 돌아보면 페미니즘의 '두 번째 물결'과 '세 번째 물결'에 등장하는 두 가지 신화가 떠오른다. 페미니즘의 '물결 이론'을 간략하게 요약하면, 첫 번째 물결은 19세기 중반에 시작해 1920년대 여성 참정권을 획득한 것이다. 두 번째 물결은 1960년대 미국에서 태동해 1980년대까지 전 세계로 퍼져나가는데, 여성의 사회 문화적 차별을 해결하는 데 주력했다. 1990년대에 시작한 세 번째 물결은 비백인과 성소수자 문제로 확장했다. (물결 모델은 페미니즘의 연대를 설명할 때 흔히 사용하는 이론이지만 여러 비판점을 가지고 있다. 이를테면 새로운 물결이 이전의 물결을 대체하는 것처럼 보이게 만듦으로써 페미니즘의 연속성을 가린다는 비판이나, 한 시기 안에 단일한 페미니즘만이 존재했던 것처럼 일반화한다는 비판이다.)[2]

두 번째 물결의 이론가 중 하나인 베티 프리던이 주장한 '여성성의 신화'는 엄마가 몇 년 동안의 유급 노동 기간을 제외하면 삶의 대부분을 집 안에서 보낼 수밖에 없었던 이유를 설명해준다. 프리던에 따르면 '여성성'은 여성의 역할을 가정 안에 가둠으로써, 또는 어머니나 주부, 때로는 성적 대상으로 규정함으로써 만들어진다. '여성성의 신화'는 요리, 빨래, 청소, 출산, 양육과 같은 생활양식을 모든 여성이 수행해야 할 일로, 그렇지 않으면 스스로 여성이라는 사실을 부정해야 하는 처지로 만들어버린다. 여성은 결혼, 출산, 내조 외의 다른 삶을 상상하거나 기대할 수 없다. 나아가 여성이 자아를 외면하는 것을 묵인할 뿐 아니라 장려한다. 그 결과 "당신은 누구인가?"라는 질문에 여성은 "아무개의 아내이자 아무개의 엄마"라고 대답한다.[3] 이것이 엄마의 '결혼-고립-노동'(엄마의 삶을 돌이켜보면 전혀 다른 의미의 이 단어들이 한 단어처럼 느껴진다.)을 가능케 한 '여성성의 신화'다. (베티 프리던의 《여성성의 신화The Feminine Mystique》는 1963년 미국에서 출간되었고, 엄마가 지금의 내 나이—40대—였을 때에는 1990년대였다.)

나의 시대는 엄마의 시대보다 조금이나마 진보했으니, 나는 아내이자 어머니로 사는 것을 당연하게 여기지 않았고 결혼과 출산, 내조 외의 다른 삶을 꿈꾸었다. 그러나 어릴 때부터 대학을 졸업할 때까지 발레가 전부였던 나로서는 소위 '번듯한' 일을 가지는 것이 쉽지 않았다. 발레를 그만두자 그동안의 노력은 아무것도 아닌 일이 되어버렸다. 스펙도, 경력도, 학벌도 없었다. 책 읽기를 좋아하고 어릴 때 글짓기 대회에서 종종 상을 받았다는 작은 가능성에 기대어 습작을 시작했다. 생계를 유지하려고 등단 전에는 카페와 식당 등에서 일했고, 등단한 뒤에는 대필 작가, 방송 작가의 보조 작가, 출판 외주 노동자로 일했다.

노동자로서 나의 일상을 한마디로 요약하면 '**비존재**에게 가해지는 폭력의 경험'이다. 리베카 솔닛은 회고록 《세상에 없는 나의 기억들》(원제는 《내 비존재의 회고Recollections of my non-existence》)에서 자신의 젊은 날을 '비존재'로 정의하며 그 시절에 겪은 폭력을 열거한다. 10대 시절 성인 남성이 섹스를 강권한 일, 길을 걸어가다가 일면식도 없는 남자가 자기 얼굴에 침을 뱉은 일, 근육질의 남자가 버스에서부터 집까지 쫓아온 일, 귀갓길에 젊은 남자 여럿에게 둘러싸여 강도를 당한 일, 그 밖에도 한밤중에 낯선 남자가 끈질기게 따라오고, 말을 걸고, 고함치고, 물건을 빼앗고, 자기 몸을 함부로 움켜쥐었던 일에 대해서. 또한 아는 남자, 친밀한 남자에게 겪은 폭력에 대해서도.

솔닛은 폭력의 경험을 몇 페이지에 걸쳐 기록한 다음 이렇게 말한다. "하지만 강간은 겪지 않았다."[4] 그리고 덧붙인다. 상당수의 친구가 강간을 겪었고, 겪지 않았더라도 그 위협을 피하는 일에 젊음을 허비했으며, 지금도 세상의 많은 여자가 그러고 있다고. 일반적으로 성폭력을 전쟁이라고 부르지 않지만, 이 폭력의 본질은 국경을 침범하고 영토를 강탈하는 전쟁과 같다. "강간이란 어떤 남자의 공간적 권리가, 한발 더 나아가 암묵적으로 모든 남자의 공간적 권리가 어느 여자의 몸 내부까지 미친다고 주장하는 일이 아니겠는가?"[5]

나도 비슷한 경험을 나열할 수 있다. 교실에서, 길거리에서, 공중전화 부스에서, 대중교통에서, 공중화장실에서, 엘리베이터에서, 공원에서, 술집에서 희롱당하고 위협받은 일에 대해. 남자 친구들과 대화하면서 내가 경험적으로 두려워하는 장소들 — 공중화장실, 한밤의 택시, 인적이 드문 골목 — 을 남자들은 그다지, 또는 전혀 두려워하지 않는다는 사실을 알게 되었다. 내가 경계심에 차서 주변을 연신 두리번거리는 곳에서 그들은 무감하다. 장소는 공평하지 않다. 누군가가 범죄의 가능성을 떠올리는 곳에서 누군가는 아무것도 상상하지 않는다. 그들은 그곳에서 해야 하는 본연의 행위만을 생각한다. 배설, 이동, 걷기처럼.

그러나 어떤 장소보다 내가 빈번하게 폭력을 경험한 곳은 일터였으니, 나의 '일'에 대해 말하는 것은 곧 '폭력'에 대해 말하는 것이다. 식당에서 일할 때 어느 남자 손님은 퇴근 시간을 물은 뒤 자신이 알고 있는 전망 좋은 호텔에서 아침을 맞이하자고(정말 이런 표현을 썼다) 했다. 다른 손님은 아르바이트하는 이유가 등록금을 벌기 위해서냐며, 학비를 내줄 테니 자신과 사귀자고 했다. 가게 사장은 나를 집에 데려다주겠다며 차 안에서 추행했다. 일이 끝날 때를 기다렸다가 집 앞까지 쫓아온 남자가 있었고, 내가 사근사근하지 않다며 화를 내다가 말다툼 중에 목을 조른 손님이 있었다. 노년에 가까운 드라마 작가의 사무실에서 보조 작가로 일하던 시절에는 거의 매일 성추행을 당했다. 그는 원고나 서류를 가져오라고 지시했고, 내가 그의 방에 들어가면 소파에 앉은 채 자신의 앞에 서 있는 나의 엉덩이나 허벅지를 더듬었다. 처음에는 슬쩍 손을 갖다 대는 정도였지만 내가 제대로 저항하지 못한다는 것을 알자 움켜쥐거나 주물럭거렸다.

성폭력에 대해 여전히 피해자는 가해자보다 많은 질문을 받는다. 나에게도 '왜 그런 일을 **참았느냐**'고 묻는 사람들이 있었다. 감독이자 작가이자 배우인 브릿 말링은 이 물음에 다음과 같이 대답했다. "여자들이 힘 있는 남자의 추행이나 학대를 꾹 참으면서 그 방에 그 의자에 계속 앉아있는 것은 여성이 그렇지 않은 결말을 맞는 모습을 본 경험이 거의 없기 때문이다. 우리가 그동안 읽은 소설에서, 본 영화에서, 태어난 후 줄곧 들은 이야기에서 여자들은 너무 자주 비참한 결말을 맞았다."[6]

폭력을 행사하는 데 반드시 물리적 제압이 필요한 것은 아니다. 열악한 위치에 있는 사람은 사회가 풍기는 분위기, 자신이 보고 들은 이야기만으로도 무력화된다. 내가 일터에서 겪은 일들을 '참아야 할 일'로 여겼던 이유는 남성이 여성을 추행하고 희롱하는 것이 이 사회의 문화인 줄 알았기 때문이다. 실제로 그것은 문화였다. 힘 있는 남자가 저지르는 짓에 대해 침묵하는 것, 여성의 외모나 차림새를 성폭력의 원인으로 지목하며 가해행위를 정당화하는 것, 여성의 우호적이지만 무의미한 말과 행동에 성적 의미를 부여하는 것, 도움을 청하는 눈빛과 몸짓과 목소리를 못 보고 못 들은 체하는 것,

'사회생활은 원래 그렇다'며 집단적 가스라이팅을 가하는 것. 젊은 시절 나는 그런 상황에 고통스러워하면서도 '참아야 하는 일'이라고 생각했다.

한편으로 그때의 나는 '젊음'과 '아름다움'을 여성의 자원으로 여기는 사고방식에 포섭되어 있었다. 남성의 자원은 '능력'과 '돈'이고 여성의 자원은 '젊음'과 '아름다움'이며 양자는 교환 가능한 자원이라는, 널리 알려진 인식을 수용했던 것이다. 내가 비판 없이 그 말을 받아들인 이유는, 가진 것이 거의 없던 나에게 그 사실이 그나마 위로가 되었기 때문인지도 모른다. 나는 20대였고 외모에 대해 곧잘 '칭찬'받았다. 그러나 말할 것도 없이, 젊음과 아름다움을 교환가치의 기준으로 삼는 것은 위험한 비즈니스다. 설령 젊음과 아름다움이 노동 시장에서 일부 여성에게 유리하게 작용한다 치더라도, 영속적이지 않은 한시적 자원에 불과하다. 심지어 한시성은 이 자원의 가장 위험한 측면도 아니다. 자신의 성취가 실력에서 비롯한 것인지 여성이 스스로 의심하게 만들고, 기회를 잡은 여성이 가십의 소재로 전락하며, 여성이 여성을 적으로 돌리고, 남성 고용자에게 향해야 할 화살이 엉뚱한 표적을 겨냥하며, 그 결과 모든 비난이 여성에게 집중된다는 점이 더 문제적이다.[7]

이 주제에는 선행하는 질문이 있다. 일하는 여성에게 젊음과 아름다움은 진정으로 특권인가, 아니면 여성을 또 다른 신화 속에 가두는 억압 기제인가? 나오미 울프는 텔레비전 저널리즘을 사례로 들며 여성 앵커 크리스틴 크래프트의 표현을 빌려 이렇게 말한다. "나이 든 여성 앵커는 곧 '뉴스를 할 만큼 예쁘지' 않을 것이기에 '진짜 악몽'에 시달리고 여성 앵커가 '아름다우면' 오로지 외모 덕분에 일자리를 얻은 사람으로 끊임없이 손가락질을 당한다."[8] 울프는 이러지도 저러지도 못하는 상황이 전하는 메시지를 이렇게 정리한다. 아름다우면 일을 못 해도 눈에 보인다. 일을 잘하는데 아름다우면 눈에 보여도 실력을 인정받지 못한다. 일을 잘해도 아름답지 않으면 눈에 보이지 않으므로 실력이 소용없다.[9] (나오미 울프가 《아름다움의 신화The Beauty Myth》를 출간한 것은 1991년이고, 내가 20대였던 시절은 2000년대다.)

엄마를 집 안에 가둔 것이 베티 프리던이 말한 '여성성의 신화'라면, 젊은 시절 나를 구속한 것은 나오미 울프를 통해 페미니즘의 세 번째 물결에 등장한 '아름다움의 신화'였다. 일할 때는 물론이고 일하지 않을 때도 나는 젊음을 의식하며 꾸밈 노동에 시간과 노력을 쏟았다. 고용주에게 고용될 만큼, 일터의 동료와 손님 들에게 존중받을 만큼, 좋아하는 남자와 연애할 만큼, 처음 만난 사람에게 호의를 받을 만큼 아름다워지고 싶었다. 누군가는 내가 발레를 전공했기 때문에, 다시 말해 아름다움이 조건이 되는 세계에서 성장했기 때문에 성인이 되어서도 여전히 아름다움에 집착했다고 생각할지 모르겠다. 그러나 울프는 여성이 대거 노동 시장에 유입되기 전까지 아름다움으로 대가를 받는 직업—모델, 배우, 무용수, 사교 모임에 동행하는 고급 호스티스—의 지위가 높지 않았으나, 여성의 위신이 올라가는 것에 비례해 아름다움을 전시하는 직업의 대가와 명성도 높아졌고, 결과적으로 다양한 직업군의 여성이 그들을 모방하도록 만들었다고 분석한다. 그는 이런 현상을 "PBQ(Professional Beauty Qualification), 직업에 필요한 아름다움이라는 자격 조건"[10]이라고 명명했다.

아름다움의 신화가 등장한 것은 여성을 가정 안에 묶어놓으려는 여성성의 신화가 기세를 잃었을 때, 그리하여 여성의 사회 진출이 활발해졌을 때다. 아름다움의 신화가 여성성의 신화를 대체한 셈이다. **신화는 대체될 뿐 사라지지 않는다.** 여성이 권력 구조에 진입하려는 시도를 무산시키는 데에는 모성이든, 여성성이든, 아름다움이든, 좌우지간 신화가 필요하다. 그 시절 엄마와 나는 과거의 페미니즘 운동이 맞서고자 했던 신화 속에 여전히 갇혀 있었다. 다른 세계, 소위 '제1

세계'라고 불리는 서구권의 여성이 무엇에, 어떻게 대항하고 있는지 전혀 알지 못한 채.

△

나의 일-직업과 관련한 폭력 가운데 깊은 정신적 외상으로 남은 사건은 젊은 시절에 사귄 한 남자에게서 비롯한다. 그는 나에게 "아름답다"고 말했다. 일상적 대화에서 "예쁘다"고 말하는 경우는 흔해도 "아름답다"고 말하는 경우는 드물기에, 나는 그 말을 들을 때마다 몹시 쑥스러웠다. 그의 말에 따르면 아름다움에 대한 갈망은 시공을 불문하고 모든 남자의 공통점이었다. 그는 여성의 아름다움이 사랑, 섹스, 연애는 물론 예술가의 창조성과 관련한 문제인 듯 말했고, 왜 남자가 아름다운 여자에게 끌리는지를 설명하려고 사회진화론 같은 것을 끌어들였다. 어떤 이론을 근거로 삼든 아름다운 여자가 남자에게 선택받음으로써 재생산에 성공한다는 요지였다.

나오미 울프는 여성의 아름다움이 생물학적·성적·진화론적 현상의 결과라는 말에 단호히 대답한다. "이 가운데 어느 것도 사실이 아니다."[11] 울프의 말을 빌려 이제라도 그의 주장에 반박하자면 아름다움은 사랑, 섹스, 연애, 예술과 상관없이 "원래 여성의 영역을 구성하는 요소인 양 가장하고 나타난, 다른 어떤 것들보다 여성을 가두기에 좋은 사회적 허구"[12]다. 그것은 진화와도 무관하다. 이상적인 미의 기준이 종의 진화보다 빠르게 변하기 때문이다. 찰스 다윈조차 '아름다움'이 자연 규칙에서 나온 '성 선택'의 결과라는 이론을 설명하지 못했다. 이어서 울프는 말한다. "아름다움의 신화는 언제나 외모가 아니라 실은 행동을 처방하려고 했다."[13]

근대로 넘어오면서 아름다움은 일종의 통화 체계로서 모든 경제가 그렇듯 정치적 성격을 가지게 되었다. 산업혁명 이후 여성의 아름다움은 남성 사이에 유통되는 통화였고, (여성의) 아름다움과 (남성의) 재력은 부르주아 결혼 시장에서 교환 가능한 경제의 일부였다. 자본주의 체제에서 여성이 노동시장 인구에 소속되자, 즉 결혼 제도권 안에서 경제적 종속에 갇혀 있던 여성이 경제적 독립에 나서자, 결혼 시장의 가치 체계는 노동 시장에서도 동일하게 작동했다. 남성과 여성에게 서로 다른 의미로 아름다움의 신화가 중요한 이유는 이것이 성적 문제가 아니라 **경제적**이고 **정치적**인 문제이기 때문이다.[14]

내가 만났던 남자는 여성의 아름다움을 찬양하는 동시에

페미니스트를 자처했다. 그는 내가 페미니스트가 아니라고, 걸출한 여성 작가들의 책을 읽지 않는다고 지적했다. 자신의 '똑똑한' 여자 친구들과 '무지한' 나를 비교하며, 내가 여자면서 여권 신장에 무심한 것을 한심하게 여겼다. 그의 말이 옳았다. 그때까지 나의 모국어는 성차별주의였고 나에게 '작가'란 남성형이었다. 새로운 언어와 목소리를 습득할 **계기**는 마련되지 않았다. 삶의 이전과 이후를 구분하게 만드는 계기, 기존의 언어를 의심하게 만드는 계기, 실어의 시간이 시작된 계기, 내가 믿어온 '아름다움의 신화'가 산산조각 난 계기……. 이 계기는 곧 그가 마련해줄 터였다.

자칭 페미니스트였던 남자는 내가 헤어지려 하자 물리적·언어적·성적 폭력을 집요하게 일삼았다. 나는 수개월에 걸친 폭력을, 나중에 조서를 작성하느라 상세하게 기억해내고 구체적으로 진술해야 했던 사건을 다시 떠올리고 싶지 않다. 다만 그의 언어적 공격이 '글 쓰는 사람'이라는 나의 직업-작업을 겨냥했다는 사실만 언급해두고자 한다. 그는 나의 경력과 (내가 가졌다고 그가 생각하는) 아름다움 사이에 상관관계가 있다고 생각했다. 그가 직접적 발화로, 또는 수십 통의 메시지와 이메일로 퍼부은 말의 내용을 (성적 욕설은 배제하고) 옮겨보면 대강 다음과 같다.

'네가 등단한 작가라는 사실을 나는 처음부터 이상하게 여겼다. 네 글은 형편없기 때문이다. 너는 등단하기 위해서 지도 교수나 심사위원에게 몸뚱어리를 팔았다. 등단한 뒤 너는 유명 문예지에서 원고를 청탁받고 대형 출판사와 계약했다. 역시 네 능력으로는 불가능한 일이다. 정당한 방법으로 아무것도 이뤄낼 수 없기 때문에 너는 출판사 대표, 편집위원, 유명 작가 등 네 출세에 도움 되는 남자라면 가리지 않고 성관계를 가졌다. 너는 무능하다. 네 글은 쓰레기다. 너는 창녀다. 나는 네 주변의 모든 사람에게 이 이야기를 퍼뜨려서 너를 매장시킬 것이다.'

그가 진심으로 그렇게 믿었는지, 단지 나에게 모욕과 수치를 느끼게 할 의도였는지 나는 모른다. 내가 알게 된 것이 있다면 사실(fact)만이 힘을 행사하지 않는다는 점이다. 거짓(false)도 사실만큼, 때로는 사실보다 더 강력한 힘을 행사할 수 있다. 그의 주장이 터무니없고 나에 대한 사실은 내가 가장 잘 안다고 해서 폭력의 효과가 나타나지 않은 것은 아니다. 비하와 모멸의 언어를 반복해서 듣는 동안 나는 세뇌되었다(나의 글은 쓰레기다). 타인의 시선을 두려워했고(내가 아주 작은 성취만 이뤄도 이상하게 여길 것이다), 그의 평가와 세간의 평가를 동일시했다(다들 나를 무식하고 무능하고 헤프고 천박한 여자로 생각하고 있다). 물리적이거나 성적인 폭력에 비해 언어 폭력의 잔혹함은 자주 간과된다. 그러나 언어만으로도 누군가를 미치거나 죽게 할 수 있다. 한 사람을 파괴하는 데에는 거대한 악이 필요하지 않다. 지속적이고 반복적인 모욕과 조롱과 협박으로도 충분하다. 전화, 문자 메시지, 메일함, 음성 사서함으로 날아드는 나에 대한 끈질긴 존재 부정. 나를 지워버리고 끝내 사라지게 하려는 말에 나는 질식해갔다.

가해자가 나에게 했던 말을 여성 일반으로 확장하면 '능력 있는 아름다운 여성'이라는 말은 성립하지 않는다. 여성은 '능력 있는 여성'이거나 '아름다운 여성' 중 하나일 뿐 둘 다는 될 수 없다. '아름다운 페미니스트'도 마찬가지다. 여성은 아름답거나 페미니스트이거나 둘 중 하나라고 생각하는 사람을 나는 적지 않게 보았다. 미디어는 아름다움을 이용해 출세하려는 여성 캐릭터를 끊임없이 유통하지만, 사회학자 바버라 구텍은 어떤 연구에서도 그런 증거는 발견되지 않았다고 말한다.[15] 하지만 증거는 중요하지 않다. 그런 인식을 공유하는 사람이 다수가 되면 대중은 여성의 성공을, 특히 젊고 아름다운 여성의 성공을 의심하고 여성도 자신의 성취가 실력에 기반한 것인지 의심한다. 그가 원한 것도 마찬가지가 아니었을까? 내가 스스로를 불신하고 불신하는 것. 내가 이룬 것은 나의 것이 아니라고 부정하고 부정하는 것. 그리하여 나를 물리적으로 살해하지 않고도 한때 내 안에 존재했던 가치—자유에 대한 갈망, 성장에 대한 의지, 자기 자신에 대한 신뢰, 미래에 대한 포부—를 살해하는 것. 결과적으로 내가 살아있는 동안에도 영원히 죽어있게 하는 것.

⌂

정신의학과를 찾은 것은 사건이 일어나고 10여 년이 지나서였다. 상담을 시작한 지 1년쯤 지나자 의사는 내가 겪고 있는 문제를 '외상후스트레스장애(Post traumatic stress disorder, PTSD)'와 '2형 양극성장애(Bipolar II disorder)'로 추정 진단했다. 하미나 작가는 자신에게 붙여진 '2형 양극성장애'라는 진단명에 대해 해방감보다는 불편함을 느낀다고 썼다. 정신병에 대한 낙인 때문이 아니라 한 인간을 '병리적 존재'로 보는 무례함 때문에.[16] 나는 진단명을 듣고 안도했다. '구강작열감증후군'이나 '하지불안증후군'처럼 나를 괴롭히던 이상 증상과, 여러 검사로도 원인을 찾지 못했던 '신체형 장애(somatoform disorder)'의 원인이 밝혀지는 순간이었다. 마침내 나의 고통이 공식적으로 승인받았다.

어쩌면 진단명이란 의사가 의학적 지식에 근거하여 환자의 상태를 편의적으로 분류하고 이름을 붙이는 일에 불과한지 모른다. 하미나 작가의 불편함과는 다른 이유지만 진단명은 타인이 나를 이해하는 데에도, 내가 나를 이해하는 데에도 한계가 있기에 나 또한 이 이름을 수용하는 데 경계심을 느낀다. 나에게 나타나는 병리적 현상을 '외상후스트레스장애라서', 또는 '조울증이라서'라고 스스로 단정 짓는 순간 나는 그 이름에 갇힐 것이기 때문이다. 이것은 타인이 나를, 혹은 내가 스스로를 손쉽게 규정하고, 나아가 '병리적 존재'로 바라보게 된다는 의미이기도 하다.

그럼에도 불구하고 진단명을 듣고 안도한 이유는 그 전까지 나의 고통을 믿지 못했기 때문이다. 아무리 아픔이 선명하게 느껴져도 이것이 '진짜' 아픔인지 단정할 수 없었다. 나중에야 알았다. 많은 여성 우울증 환자가 나처럼 자신의 고통을 믿지 못한다는 것을. (하미나 작가의 앞의 책에서 1장의 제목이 '엄살'인 것은 의미심장하다.) 게이오대학교의 의료인류학자인 기타나카 준코는 여성의 고통이 사회적·의학적으로 잘 인정되지 않는 상황을 지적한다. 그로 인해 환자는 자신의 고통이 '진짜'인지 의심하고, 때로는 스스로의 우울감이 특정 상황을 회피하기 위해 꾸며낸 감정이라 생각한다.[17] 내가 두려워했던 것은 정신질환이 아니라 '꾀병을 부리고 엄살을 떠는 신경질적인 여자', 즉 '히스테릭한' 여자가 아니었을까? '외상후스트레스장애'라는 이름을 얻기 전까지 '여성에게만 발병하는 일관성 없는 증상을 가진 기이한 질병'으로 알려졌던 '히스테리아(hysteria)'는 학계에서 공식적으로 이름이 삭제된 지금도, 여전히 현재 진행형으로 우리의 내면에, 여성에 대한 편견 속에 고착된 것 같다.

나의 계기—교제 폭력과 스토킹—를 생각하는 일은 내가 겪고 있는 고통의 (비)본질과 회복의 (불)가능성에 대해 생각하는 일이다. 나는 치유되지도, 회복되지도 않았다. 어쩌면 앞으로도 정신의학에 의지하며 살아갈지 모른다. 정기적으로 정신과 상담을 받고, 항우울제와 안정제와 기분 조절제 등을 복용하며, 때때로 공황증세를 일으키면서. 그러나 그 사건 이후 나는 아름다움의 신화를 벗어남과 동시에 의식의 깨어남을 경험했다. 많은 앎이 그렇듯 '벗어남'과 '깨어남'은 고통스럽지만, 고통에 비할 수 없는 자유와 해방을 준다. 가해자의 목표가 내가 살아있는 동안에도 죽어있게 하는 것이었다면, 그는 실패했다. 나는 지금 책상 앞에 앉아 글을 쓰고 있다. 이것은 나의 **일**이자, 내가 생존자임을 감각하는 **행위**다.

다섯 번째 앨범

이름 붙일 수 없는 문제,
이름 붙일 수 없는 관계

할머니에게 나는 며느리이자 딸이고,

말동무이자 시녀였어.

할머니의 세계에서

그 모든 역할을 감당하는 유일한 사람.

엄마를 가둔 것이 할머니라면

할머니를 가둔 것은

가부장제라는 공고한 체제였는지 모른다.

서로 다른 의미에서 두 사람은

'갇혀 있는 자'가 아니었을까?

어머님의

식사

할머니와 나는 주종관계였어. 시집살이 초반에 특히 그랬지. 할머니는 명령하는 사람, 나는 감히 명령을 거역할 수 없는 사람. 하라면 하라는 대로 했고 혼내면 혼났어. 알고 보면 할머니 참 좋으시잖아. 얼마나 좋으시니. 너희에게도 정말 잘해주셨고 시간이 지나면서 나를 진심으로 좋아하셨어. 하지만 옛날 분이니 고부 관계에 고정관념이 있으셨던 것 같아. 사실 할머니는 시집살이를 해본 적이 없거든. 할아버지가 차남이고 시부모님과 멀리 떨어져 사셨으니까. 다만 어디에서 들었는지, 시대 분위기가 그래서인지 시어머니는 며느리에게 뭐든 시킬 수 있고, 질책할 수 있고, 엄격해야 하고, 명령조로 말해야 한다고 생각하셨던 것 같아. 권위 의식이 강하셨지.

북성로에서 할머니에게 섭섭했던 적이 몇 번 있는데, 그중 하나가 네가 감기를 오래 앓다가 급성 신부전증이 왔을 때였어. 만성으로 가면 신장이 기능을 못 하면서 여러 합병증이 생긴다더라고. 제때 치료를 안 하면 우리 아이가 평생 아플 수 있으니 나도 걱정되잖아. 너를 데리고 아빠 친구가 원장으로 있는 내과에 오래 다녔는데 그 병원이 좀 멀었어. 버스를 타고 한참 가야 했거든. 그날도 너를 데리고 집을 나서는데 루가 선생이 찾아왔어. 루가 선생이 누구냐 하면 한마디로 사기꾼이야. 할머니가 성당에서 알게 된 사람인데 그이가 돈 있는 환자에게 부황을 해줬어. 지금은 부황이 별거 아닌데 그때는 부황을 아는 사람이 별로 없었어. 부황한 자리가 시커멓게 되잖아. 그러면 여기에 나쁜 기운이 몰려 있다면서 침으로 피를 뽑고 이제 몸이 좋아질 거라고, 의사도 아닌 사람이 아무것도 아닌 걸 해주면서 비싸게 돈을 받아 갔어.

내가 할머니에게 "어머님, 재영이 데리고 병원 다녀오겠습니다."라고 했더니 할머니가 루가 선생을 맞이하다가 나를 돌아보면서 "애가 뭐 어쨌다고?" 하며 소리를 확 지르시더라고. "시아버지가 저렇게 아픈데 애가 별것도 아닌 걸로 뭐?" 하면서 짜증을 내셨어. 집에서 나오는데 무척 서운했어. 어린 아이가 아픈데, 나도 내 자식이 걱정되는데 화를 내시니까. 물론 당신도 남편이 아프니 속상하시겠지. 시어머니가 화풀이하면 받아내고, 그게 시집살이지 달리 시집살이겠니.

북성로에서는 좋은 기억이 없어. 시아버지는 편찮으시지, 시어머니는 어렵지, 남편과는 소원하지. 그나마 좋았던 기억은 세례를 받고 가톨릭 신자가 된 거야. 할머니는 신앙이 독실하잖아. 친정은 무교인데 나는 종교에, 특히 가톨릭에 좋은 인상이 있었어. 내가 다닌 고등학교가 가톨릭계 학교였는데 조회 전에 묵상기도를 했거든. 그 시간이, 분위기가 참 좋았어. 고요하고 성스럽고 경건한 느낌. 할머니가 종교를 강요하신 건 아니고 넌지시 권유하셨는데 내가 세례를 받고 싶다고 했어. 세례를 받으려면 몇 개월 동안 교리 공부를 해야 하는데 나는 주기적으로 갈 수가 없으니 통신 교리라고, 책이랑 질문지를 우편으로 받아서 혼자 공부했어. 성경 내용도 흥미롭고 오랜만에 공부하니까 좋더라고.

세례받을 때 세례명을 지어야 하잖아. 내가 성녀 이름을 잘 모르니까 수녀님이 내 주민등록상 생일과 가까운 날짜에 리디아 축일이 있다면서 '리디아(Lydia)'는 어떠냐고 하시더라고. 별생각 없이 그러겠다고 했어. 내가 패션 관련 일을 했더라면 잘했을 것 같다고 말했잖아. 리디아 성녀는 자색 옷감 장수였대. 요즘으로 치면 패션 사업을 하는 여인이었던 거지. 나도 옷을 좋아하니까 연결 고리가 있는 것 같아. 리디아 성녀는 유럽 최초의 신자이고 사도 바오로의 제자야. 마지막에는 아들들과 함께 순교했어. 그때는 잘 몰랐지만 지금은 내 세례명이 마음에 들어.

할아버지가 돌아가신 뒤에 성서를 공부하는 모임에 다녔어. 할머니가 거기에 가는 건 허락해주셨거든. 아가다 수녀님이라고 성서 수업을 잘하는 분이 계셨어. 1년 정도 모임에 나가서 성경 읽고 교리 공부하고, 수업 끝나면 사람들과 식사하고 이야기도 나눴어. 몇 년 동안 외출을 못 했잖아. 북성로 집에서 시부모님 수발들고 살림만 했잖아. 바깥에 나가서 뭔가를 배우고 사람들과 어울리니까 숨통이 트이더라고. 그 시간이 새롭고 즐거웠어. 학창 시절로 돌아간 건 아니지만 그때의 감정이 되살아났어. 성서 모임도 1년 만에 끝나버렸지만.

구속감에 대해 오래 생각했어. 할머니와의 관계에서 자주 느낀 감정이어서. 처음에 할머니는 권위적이고 엄격하셨지만, 시간이 지나면서 나를 많이 의지하고 사랑하셨어. 나도 할머니를 사랑했어. 권위 의식은 여전했어도 나름대로 애틋

한 고부 관계였다고 생각해. 할머니가 종종 "내가 오늘 기마이 낸다."라고 말씀하셨던 것 기억하니? 일본어에서 유래한 말인지 경상도 사투리인지 모르겠는데 '한턱내다'라는 뜻이야. 당신 표현처럼 '기마이 나면' 나에게 뭔가를 주고 싶어 하시고, 너희가 좋아하는 음식도 사주셨어. 당신의 씀씀이는 검소하고 알뜰했지만 나나 너희에게 쓰는 돈은 전혀 아까워하지 않으셨어. 기마이 낼 만큼 할머니가 유쾌한 날이면 세상에 그렇게 좋은 분이 없었어.

사달이 나는 건 내가 외출했을 때. 아무 데도 안 가고 할머니 곁에만 있으면 사이가 좋은데 내가 집 밖에 나가면 불화가 생기는 거야. 집이나 밖에서 당신과 같이 밥 먹고 커피 마시고 이야기할 때는 화기애애해. 그런데 내가 따로 외출한다고 말씀드리면 표정이 확 바뀌셔. 시집살이하기 전, 구미 아파트에서 신혼 생활할 때도 그랬어. 아침마다 일찍 전화하시는데 어린 마음에 그 전화를 못 받을까 봐 자는 동안에도 긴장되는 거야. 목소리가 잠겨 있으면 늦잠 잤다고 혼날까 봐 음음음, 헛기침을 여러 번 해서 목소리를 가다듬고 전화를 받았어. 때로는 오후에도 전화를 거셨는데, 내가 부재중이면 집은 안 보고 어디를 돌아다니냐고 야단치셨어. 할머니에게 전화가 올까 봐 나가지를 못하겠더라고. 외인 아파트에서 장안 아파트로 이사하면서 한동안 전화기를 안 놓았어. 너무 좋더라고, 하하. 내가 전화하는 것도 아니고 어른이 전화해주시면 고맙게 생각해야지 싶으면서도 전화 받는 게 엄청나게 부담이었어.

⌂

어머님의 식사.

그게 내 평생의 화두이고 책임이었어. 할머니의 식사를 챙겨드리지 않은 날은 없어. 가끔 외출하더라도 점심 식사를 차려드리고 4~5시에 들어와서 저녁 식사를 준비했어. 어쩌다가, 정말 어쩌다가, 동창들을 만났는데 친구들이 의기투합해서 그럴 때가 있었어. "야, 답답한데 당일치기로 가까운 데라도 다녀오자." 근교라도 그렇게 되면 저녁 식사 전에 못 들어가는 거야, 친구들 차를 타고 같이 움직여야 하니까. 돌아가는 길에 휴게소에서 할머니에게 전화를 드리면 "뭐? 왜?" 할 때부터 목소리가 쌀쌀맞아. "어머님, 저 가고 있는데 조금 늦을 것 같아요. 찌개와 반찬은 다 준비해두었으니까 먼저 식사하고 계세요." 그러면 "알았다!" 하면서 전화를 확 끊어버리셔.

할머니가 왜 그러셨는지 이해는 해. 당신도 주일 미사와 성당 모임을 제외하면 외출하지 않는 분이니까. 상인동 아파트에 살 때, 할머니도 친구를 사귀면 좋겠다 싶어서 복지관의 노래 교실을 등록해드렸어. 다른 지자체에서 견학을 올 만큼 시설이 좋은 복지관이었고, 노래 교실은 특히 인기가 많아서 내가 한참 줄을 서서 겨우 신청했어. 그런데 두어 번쯤 나가셨나, 싫으시다는 거야. 이런지런 핑계를 대셨지만 이유는 하나야. 할머니는 항상 당신이 중심이잖아. 하지만 복지관은 처음 가신 곳이고 다들 노인인데 누가 할머니를 받들어주겠어? 아무도 특별하게 대접해주지 않으니 언짢으셨던 게지. 할머니에게 나는 며느리이자 딸이고, 말동무이자 시녀였어. 할머니의 세계에서 그 모든 역할을 감당하는 유일한 사람. 그러니 할머니는 나와 함께 있는 게 가장 좋으셨던 거지.

가끔 할머니가 서울에, 당신 딸들에게 가시면 너무 좋았어. 달리 좋은 게 아니라 나도 바깥에 나갈 수 있어서. 언젠가부터 서울에 가서도 자주 전화를 거셨어. 휴대전화가 없고 집 전화만 있을 때인데 내가 전화를 안 받으면 사달이 나. 당신 나름대로는 이유가 있어. 집이 비었을 때 아이들에게 무슨 일이 생겨서 전화가 오면 어떡하냐고. 너희가 독립하자 이유가 달라졌어. 나 들어올 때까지 걱정되고 신경 쓰여서 아무것도 못 한다고.

그런데 그 말씀은 사실이 아니야. 내가 몇 년 동안 바깥에서 일했잖아. 매일 새벽에 들어갔는데 할머니는 아무 걱정 없이 잘 주무시고 계셨다? (엄마는 소리 내서 웃었다.) 하루는 늦게 퇴근해서 세수하고 로션 바르느라 거울 앞에 앉아있었어. 갑자기 몸에 마비가 오더니 앉은 자세로 꼼짝달싹할 수가 없는 거야. 의식은 또렷한데 가위에 눌린 것처럼 손가락 하나 움직여지지 않아. "어머님, 어머님! 재경아, 재경아!" 악을 쓰면서 두 사람을 불렀는데 아무리 소리를 질러도 할머니가 안 일어나시데, 너무 깊이 잠드셔서. 결국 재경이가 깨서 왔어. 나를 옆으로 굴리다시피 해서 자리에 눕히고 몸을 주물렀는데, 그 야단법석을 떠는 동안 할머니는 잘 주무셨어. (엄마는 또 웃었다.) 아침까지도 마비가 안 풀려서 큰삼촌이 왔고, 나를 업어서 차에 태운 뒤 병원에 갔어. 내가 집에 있어야 했던 이유는 할머니가 말씀하셨듯이 나를 걱정해서가 아닌 거야. 그저 당신이 그러고 싶으니까, 내가 있어야 당신이 편하니까 그랬던 거지.

⌂

상인동 아파트로 이사하고 내가 할머니에게 그랬어. "어머님, 한창 어려울 때 생각하면 하느님께 너무 감사하지요. 우리 계속 감사하면서 살아요." 할머니도 내 손을 맞잡으면서 그러셨어. "그러자, 재영 엄마야, 우리 그렇게 살자." 그런데 살 만해졌다고 생각한 이 시기부터 마음속에 불만이 자라기 시작했어. 그 전까지는 너희가 성장하는 시기여서 나도 집에 있어야 하는 상황을 받아들였거든. 몇 년 동안은 바깥일과 집안일을 병행하느라 정신이 없었고. 북성로에서 시집살이를 시작한 20대 중반부터 상인동 아파트로 이사한 40대 후반까지 무슨 드라마가 인기 있었는지, 어떤 노래가 유행했는지 아무것도 알지 못했어. 텔레비전을 보거나 라디오를 들을 시간이 없었으니까, 눈 뜨면 일하고 일 끝나면 잤으니까. 정치부터 연예까지 아는 게 하나도 없었어.

조금 여유가 생기니까 다른 생각이 드는 거야. 내 나이도 이제 오십이 넘었는데, 아이들도 자라서 내 품을 떠났는데 언제까지 시어머니 뜻대로만 살아야 하나. 결혼하고 30년에 가까운 세월이 지났지만 여전히 내 마음대로 할 수 있는 일이 없었어. 잠시도 당신 곁을 떠나지 못하게 하는 할머니에게 숨이 막혔어. 어머님보다 내가 먼저 죽으면 나는 평생 집에만 갇혀 있다 죽는 거구나. 이 상황에서 벗어나고 싶다는 마음과 함께, 이제 나를 먼저 생각하는 삶을 살고 싶었어. 대단한 일을 바란 것도 아니야. 그저 나가고 싶을 때 나가고 만나고 싶은 사람을 만나는 것. 그 정도라도 내 뜻대로 하고 싶었다는 거야.

몇 년 만에 동창 모임을 나갔어. 직장 다니는 친구들도 있어서 저녁 7시에 만났는데 밥 먹고 차 마시고 이야기 좀 나누니까 9시가 가까워진 거야. 휴대전화로 할머니에게 전화를 걸었는데 이미 화가 잔뜩 나셨더라고. 친구들에게 들릴까 봐 목소리를 낮추고 "조금만 있다 갈게요."라고 했는데 막 소리를 지르시는 거야. 수화기 밖으로, 친구들에게 다 들리게. 다들 눈치를 채고 "야야, 그만 가자." 그러는데 너무 속상했어. 다들 오랜만에 만나서 한창 이야기 중이었는데 나 때문에 모임이 파했으니까.

오랜만에 점촌에서 친정 가족이 모이기로 한 적이 있어. 직장을 다니는 가족도 있어서 저녁에 만나기로 했거든. 할머니 저녁 식사를 차려드리고 6시쯤 큰언니와 조카 차를 타고 점촌으로 출발했어. 도착했을 때는 7시. 가족들도 오랜만에 봤으니 하고 싶은 이야기가 많잖아. 나는 8시부터 초조한 거야. 9시쯤 되니까 조마조마해서 미치겠고, 아무 이야기도 귀에 안 들어오고, 빨리 집에 갔으면 싶은 거야. 언니네 차를 타고 갔으니 혼자 대구로 올 수도 없잖아. 다른 가족은 내가 안절부절못하는지도 모르고, 언니만 눈치챘지, 내 상황을 잘 아니까. 9시 30분쯤 일어나서 집에 가는 길에 할머니에게 연락을 드렸어. "어머님, 늦어서 죄송해요. 지금 가고 있어요." 전화를 받자마자 소리소리 지르시더라고. 지금이 몇 시인데 이제 들어오느냐고, 정신이 있는 거냐고. 집에 갔더니 거실에 서서 팔짱을 낀 채 나를 노려보고 계셨어. "다녀왔습니다." 하니까 대답도 없이 홱 돌아서서 당신 방으로 들어가더니 문을 쾅 닫으시더라고. 그렇게 불만을 표현하시는 거야.

내가 매일 바깥으로만 나돌고 할머니 식사도 챙기지 않았으면 나도 할 말이 없어. 붙박이처럼 집에 있다가 어쩌다 한 번 친구를 만나고, 어쩌다 한 번 큰언니를 만나는데 그렇게 노여워하시니 점점 스트레스가 쌓였어. 내 친구 미경(가명)이 알지? 힘들 때 용기를 많이 줬던 고마운 친구야. 그 무렵에 미경이가 나에게 자꾸 나오라고 했어, 집에만 있으면 우울하다고. 미경이랑 통화하고 있으면 할머니가 달려와서 수화기 너머로 다 들리게 말씀하시는 거야. "민지 엄마지? 또 민지 엄마지? 너 매일 불러내는 그 친구!" 그러면 나는 친구 보기 민망하고 부끄러워서 얼른 전화를 끊곤 했어.

할머니가 옥죄는 사람은 세상에 나 하나야. 너희 아빠는 늦게 들어오든 안 들어오든 신경도 안 쓰셨어. 다른 며느리들은 분가해서 사니까 집에 있는지 없는지 알 게 뭐야. 딸들은 말할 것도 없지. 딸들이 바깥 활동을 많이 하고 집에 있는 시간이 거의 없다는 건 할머니도 잘 아셨어. 딸, 아들, 다른 며느리들은 집에 있든 말든 상관도 없는 거야. 할머니가 자주 하셨던 말씀이 있어. "재영 엄마야, 난 너만 있으면 된다. 다른 사람들은 필요 없다." 당신 나름대로는 애정 표현이었을 테지만 나중에는 그 말씀이 엄청 부담스러운 거야. 내가 이 집에서, 할머니 곁에서 영영 벗어날 수 없다는 의미로 들려서.

그 당시 집 근처에 있는 여성회관에서 컴퓨터 강좌를 개설한다기에 수강 신청을 했어, 나도 새로운 걸 배워보자 싶어서. 일주일에 두 번 갔는데 할머니 점심 차려드리고 나가서 한 시간 수업 듣고 돌아오는 게 다야. 오랜만에 의욕이 생겨서 열심히 수업을 들었는데 내가 나갈 때마다 싫은 티를 내시는 거야, 일주일에 두 번이나 나간다고. 그날도 강좌에 가려고 준비하고 있는데 언제까지 거기 다닐 거냐고 역정을 내시더라고, 몇 번 나가지도 않았는데. 일단 집에서 나오긴 했는데 좌절감이 들었어. 나도 새로운 걸 배우고 싶은데, 시대에 뒤처지지 않는 사람이 되고 싶은데, 배움의 자유조차 박탈당하는 게, 더 나은 사람이 될 기회조차 주어지지 않는 게 절망스러워서 눈물이 났어. 그 무렵부터였던 것 같아. 억울하다, 너무 억울하다……. 그런 감정이 자라더니 어느 순간 나쁜 마음이 생겼어. '미움'. 그래, 할머니가 미워졌어. 미움이 생기니까 안 지어도 될 죄를 지었어. 겉으로 표현하지는 않았지만 마음속으로 수없이 죄를 지었어. 하느님께 용서해달라고 빌고, 제발 할머니를 미워하지 않게 해달라고 빌었어. 그래도 그 감정이 사라지지 않았어.

⌂

2007년 11월이었어. 억울함과 미움이 쌓여가던 날, 나도 이 감정이 두렵고 불안하던 날, 할머니와 마주 앉아 차를 마시고 있었어. 나에게 섭섭한 일이 있으셨을까? 아니면 그즈음 할머니가 넘어져서 다리를 다치는 바람에 목발을 짚고 생활하셨는데 몸이 불편해서 짜증이 나셨을까? 이유는 모르겠는데 할머니가 쌀쌀맞은 목소리로 공격적인 말씀을 계속하시는 거야.

한참 그러시더니—우리 부모님이 몇 달 간격으로 돌아가

신 지 얼마 되지 않았을 때인데—도대체 네 부모가 너를 어떻게 가르쳤기에 네가 이 모양이냐는 거야. 불과 얼마 전에 돌아가신 부모님을 욕되게 말씀하시는 것도 속상했지만, 내가 부모님과 살았던 세월보다 시어머니와 살아온 세월이 훨씬 긴데, 잘못 배웠으면 당신에게 잘못 배웠지 친정 부모님에게 잘못 배웠겠느냐 말이야. 그 말씀도 상처인데 다음 말씀이 더 충격이었어. "내가 입만 뻥긋하면 너는 너희 애들 시집도 못 보낼 줄 알아라." 그때만큼은 나도 정말 화가 치받쳤어. 내가 뭘 얼마나 잘못했기에 당신이 끔찍하게 사랑하는 손녀들에 대해 그렇게 말씀하시냐고. 나에게는 그 말씀이 이렇게 들렸어. '너는 아주 몹쓸 여자고, 내가 입만 열면 네 실체가 만천하에 드러나서 네 자식들은 너 때문에 결혼도 못 한다.' 말하자면 협박인데 내가 어머님에게 협박당할 만큼 잘못한 일이 있나, 만에 하나 있더라도 나의 딸들이자 당신의 손녀들을 협박의 도구로 삼으시나…….

늦은 오후였어. 감정을 제어할 수가 없어서 무작정 밖으로 뛰쳐나갔어. 멀리 가지도 못하고 집 근처 공원에 갔어. 손이 떨려서 주먹을 꽉 쥐고, 심호흡을 크게 하며 진정하려고 애썼어. 한동안 그러고 있는데 퍼뜩 이런 생각이 떠오르더라. '아, 어머님 저녁 식사 차려드려야 하는데, 지금쯤 시장하실

텐데, 다리를 다쳐서 몸도 불편하신데……' 그래, 어머님의 식사. 마음은 서럽고 아픈데 식사 시간이라는 생각이 들자마자 몸은 집으로 가고 있는 거야. 그냥 무조건적 반응이야, 반평생에 걸쳐 학습된.

집에는 큰삼촌이 와 있었어. 할머니가 큰삼촌에게 연락해서 국밥을 사오라고 했대. 이미 식사를 끝내셨기에 나는 밥도 안 먹고 방에 들어갔어. 계속 눈물이 나더라고. 울음소리를 내면 더 노여워하실까 봐 이불을 뒤집어쓴 채 소리 죽여 울다가 밤 11시쯤 밖으로 나갔어, 마음이 갑갑해서. 아파트 단지에서 버스 정류장으로 올라가는 돌계단이 있었는데 계단에 첫발을 딛자마자 명치를 얻어맞은 것처럼 몸이 확 고꾸라졌어. 짧은 계단을 미처 올라가지도 못하고 그 자리에 쪼그려 앉아서 엉엉 울었어. 내 인생이 통째로 부정당하는 느낌이었어. 어머님에게 헌신해온 내 삶에 무슨 의미가 있는지, '어머님의 식사'를 가장 중요한 일로 여겼던 세월은 어떻게 보상받아야 하는지……. 길바닥에 주저앉아서 한참 울었어.

신혼 시절을 제외하면 할머니와 25년을 살았어. 자식들보다 시어머니를 먼저 챙겼어. 네가 서울에서 자취할 때, 너는 엄마가 찾아오지 않는다고 서운해했지만 나는 갈 수가 없었어. 내가 집을 비우면 할머니 식사를 차려드릴 사람이 없으니까. 시중을 들어줄 사람도, 말 상대를 해드릴 사람도 없으니까. 하고 싶은 일이 생겨도 할머니부터 생각했어. 작은 계획을 세워도 할머니를 중심으로 모든 일을 맞췄어. 당신이 내 삶의 우선순위였어. "너만 있으면 된다."고 하시니까, "너 말고 다른 사람은 필요 없다."고 하시니까. 그런데 이제 와서 저렇게 말씀하시면 내 인생은 뭐가 되며 나는 뭘 위해서 이렇게 살았느냐 말이야. 허탈하고 공허했어. 나 자신이 텅 비어버린 기분이었어.

아빠는 일 때문에 구미에서 지내고 있었어. 아빠에게 전화해서 앞뒤 설명도 못 하고 울기만 했는데 아빠가 곧장 달려왔더라고. 이야기를 듣고는 "나랑 구미 가자." 하는데 내가 그랬어. "그럼 어머님 아침 식사는 누가 차려." 근처 숙박 시설에서 아빠랑 자고 다음 날 아침에, 아빠는 차마 집에 가자는 말을 못 하는데 내가 또 그랬어. "빨리 가자, 어머님 시장하실라." 집에 갔더니 할머니가 식사를 혼자 하셨더라고. 내가 밤새 집에 없었던 것도 아셨겠지. 당신이 말씀을 안 하시기에 나도 말없이 방으로 들어갔어. 그때부터 서로 꼭 필요한 말을 제외하면 대화를 안 했어.

나 하나 참으며 살 때는 아무 문제도 없었어. 집안은 평화로웠고 친척들은 사이가 좋았지. 그런데 이 시기부터 내 험

담이 들려오기 시작했어. 내가 한 적도 없는 말이 왜곡되고 변질된 채 이 사람 입에서 저 사람 입으로, 저 사람 입에서 또 다른 사람 입으로……. 할머니가 애초에 그렇게 말씀하신 건지, 아니면 이야기가 옮겨지는 과정에서 내용이 와전된 건지, 원래 말의 속성이 그런 건지. 일례로 할머니에게 이런 말씀을 드린 적이 있어. "어머님, 아범은 구미에 살고 아이들은 서울로 갔는데, 어머님과 저만 대구에 남아있을 필요 없을 것 같아요. 우리 구미에 가서 아범이랑 같이 살아요. 그러면 좀 더 넓은 아파트로 이사할 수 있을 거예요. 40평대 아파트면 안방이 아니라도 방이 꽤 넓어요. 아범도 나이가 들었으니 괜찮으시면 저희가 안방을 쓰고 어머님이 넓은 방 하나를 쓰시면 어떨까요?"

할머니는 평생 안방을 사용하고 오십 넘은 아들 부부는 문간방에 살게 했잖아. 가장 넓은 방, 화장실이 딸린 방이 당신 거라고 생각하셨잖아. 형편이 어려워져서 방 두 개짜리 옥탑집에 살 때도 방 하나를 당신이 독차지하셨잖아. 구미로 이사하고 말씀드려도 되는데 내가 융통성이 없었지. 하지만 안방을 당연히 당신 방이라고 여기시니까 먼저 상의드리고 허락을 구하는 게 도리라고 생각했어. 얼마 후에 친척들이 난리가 났어. 내 말이 어떻게 와전되었느냐 하면 '재영 엄마가 구미에 큰 아파트로 이사 가서 자기들끼리만 살겠다고, 작은 원룸이나 하나 얻어줄 테니 어머니는 혼자 살라고 했단다.'

처음에는 해명하고 오해를 풀고 사실관계를 바로잡으려고 애썼어. 하지만 그런 일이 쌓이니까 나도 지치고 질려서 입을 닫아버렸어. 집에 갇혀서 시키는 일만 할 때는 좋은 며느리, 좋은 아내라고 추켜세우더니, 어떤 시동생은 자기 아내가 형수 같은 사람이면 좋겠다고 하더니 어느 순간 나는 천하에 몹쓸 여자가 되어 있었어. 온갖 말이 오가는 동안 할머니와의 관계도 돌이킬 수 없어졌어. 화해할 순간도, 예전으로 돌아갈 기회도 영영 놓쳐버렸어.

할머니는 집을 나가겠다고 통보하셨어. 딸들 집에서 지내다가 실버타운에 들어가겠다고. 집을 팔아서 실버타운에 입주할 자금을 마련하라고 하시데. 대출금 제하면 얼마 남지도 않는데. 내가 즉답을 안 하니까 아빠에게 계속 전화해서 서울 가야 한다고, 실버타운 가야 한다고 성화를 부리시는 거야. 결국 그렇게 해드렸어, 아파트를 팔고 친구에게 돈을 빌려서. 할머니 계좌에 돈을 입금했더니 고모가 할머니를 모시러 오데. 그런데 어쩌면 살림살이를 그렇게 깨끗이 쓸어 가셨는지. 하다못해 이쑤시개랑 손톱깎이, 대야에 바구니까지 싹 가져가셨어. 고모가 할머니에게 사준 안마 침대가 있는데,

내가 허리가 자주 아프니까 할머니가 그걸 나에게 주셨거든. 당신 딸이 사준 거라 그랬는지 내 방에 있던 안마 침대도 가져가셨더라. 당신 물건이니 챙겨 가시는 게 당연한데, 좀 씁쓸했어.

그렇게 매정하게 떠나셨어도 결국은 당신이 살던 집으로 돌아오고 싶어 하셨어. 할머니가 너희에게도 전화해서 우셨다며, 외롭다고, 집에 가고 싶다고. 나에게도 그러셨어. 떨어져 살아도 며느리로서 최소한 도리는 해야 한다 싶어서 정기적으로 안부 전화를 드렸는데 늘 똑같은 말씀이었어. "재영엄마야, 집은 누가 지키노? 내가 가서 지켜야 안 되겠나?" 돌아오고 싶단 뜻인 줄 알면서도 대답을 못했어. 나도 당신이 너무 가여운데, 식구들이 매일 나가니 얼마나 외로우실까 싶은데 여전히 내 마음은 닫혀 있었던 거야. 가끔은 통화하다가 울먹거리셨어. "여기가 감옥소 같다. 매일 혼자 집에 있다. 이 동네가 어디인지도 모른다. 난 이제 어떡하면 좋노?" 떠날 때 그토록 모질게 구셨던 걸 생각하면, 다른 사람도 아닌 나에게 이런 말씀을 하시는 게 민망하지도 않으신가 싶다가, 오죽하면 그러실까, 다른 사람도 아니고 나니까 속내도 드러내시는 거겠지 싶고.

할머니는 실버타운에 못 가시고 우리 집에서 가까운 요양원으로 오셨어. 이미 치매가 발병한 뒤였어. 인지 저하가 심해지자 할머니는 아빠를 오빠로, 나를 올케언니로 생각했어. 나를 보면 "언니, 언니." 부르면서 환한 얼굴로 반가워하셨어. 내 손을 꼭 잡으면서 "난 언니가 너무 좋다." 당시에 할머니랑 나눈 대화는 대부분 이런 내용이야. "언니 집에는 누가 살지?" "저랑 아범이랑 둘이 살지요." "그럼 지금은 집에 누가 있나?" "저랑 아범이 여기 와 있으니까 비어있지요." 그러면 갑자기 눈이 반짝반짝해지셔. "내가 가서 집 봐줄까? 나 언니 집에 가도 돼?"

.

.

.

마음이 아파. 너무너무 마음이 아파. 그때라도 마음을 열어야 했는데, 미움이나 원망 따위 내려놓아야 했는데, 관계가 틀어진 뒤보다 함께했던 세월을 소중히 여겨야 했는데, 할머니가 나를 얼마나 좋아했고 내가 할머니를 얼마나 좋아했는지 기억해야 했는데……. 할머니에게 집은 곧 내가 있는 곳이었을 텐데……. 그때라도 같이 집에 가자고 할 걸, 집에 가자고……. (엄마는 몹시 울적해 보였다.)

⌂

어느 날 요양원에서 전화가 왔어, 할머니가 위독하다고. 아빠랑 부랴부랴 달려갔는데 벌써 임종실에 계셨어. 의식이 없으신 건지, 주무시는 건지 눈을 감고 미동도 없이. 삼촌 둘에 나랑 아빠까지 네 명이 있었는데 교대로 자리를 지키기로 했어. 나랑 아빠가 저녁부터 새벽까지 있고, 둘째 삼촌이 새벽부터 아침까지 있고, 둘째 삼촌이 출근하면 큰삼촌이 아침부터 저녁까지 있기로. 밤새 요양원에 있다가 새벽에 집에 와서 깜빡 잠들었는데, 전화가 왔어. 할머니가 곧 돌아가실 것 같다고. 곧바로 집을 나서는데 다시 전화가 왔어. 방금 돌아가셨다고. 삼촌과 고모 들이 임종을 지켜드렸대.

할머니가 돌아가시기 일주일 전쯤 내가 요양원에 갔었어. 이미 자리에서 일어나지를 못하셔서 기저귀를 차고 누워 계셨지. 할머니는 경우가 바르고 예의를 깍듯하게 차리는 분이잖아. 몸도 일으키지 못하면서 손님이 왔으니 대접해야 한다고 생각하셨나 봐. 괜찮다고 해도 나를 기어이 당신 옆에 앉히더니 "언니, 대접할 게 없어서 어쩌지? 대접할 게 하나도 없네. 언니, 미안해, 정말 미안해." 그러시더라고.

"미안해……."

당신이 나에게 건넨 마지막 말씀이었어.

장례식장으로 시신이 왔는데 눈물도 안 나고 멍했어. 장례 미사를 드리려고 성당에 갔는데 미사 전에 유족들이 입구에서 대기하잖아. 갑자기 걷잡을 수 없이 울음이 터지는 거야. 무슨 의미였는지 모르겠어. 후회인지, 죄책감인지, 사랑인지, 그리움인지……. 어떤 기억이 떠오르거나 무슨 생각을 한 것도 아니야. 왜 우는지도 모르면서, 이 감정이 뭔지도 모르면서 주체할 수 없이 눈물이 쏟아졌어. 미사를 드리는 동안, 차를 타고 산소로 가는 동안, 묘지에 도착해서 매장을 지켜보는 동안 눈물이 멈추지 않았어. 우리 부모님이 돌아가셨을 때도 그만큼 울지 않았는데…….

할머니가 돌아가시고 매일 연도(煉禱)를 드려. 가톨릭에서는 연옥이 무서운 곳이고, 죽은 뒤에 거기 머무는 시간이 길다고 하잖니. 할머니가 어서 연옥에서 벗어나 천국으로, 당신이 평생 경배했던 하느님 곁으로 가시기를 바라. 이제 할머니에게 용서를 빌 수도, 화해를 청할 수도 없어. 이게 내가 할 수 있는 마지막이자 유일한 일이야. 당신이 인도해주신 종교로 당신을 위해 기도하는 것. 부디 나의 기도가 하느님께 닿아 할머니의 고통이 덜어졌기를, 지금은 천국에서 평안하시기를, 오직 그것만 바랄 뿐이야.

두 명의

갇혀 있는 자

오래된 사진첩에서 할머니라고 불리기에는 아직 늙지 않은 여인과 어린 여자아이를 본다. 주변에 수녀님들이 있는 것으로 보아 성당 수련회였나 보다. 할머니는 나를 업은 채 달리고 있다. 엄마와 아이가 한 조를 이루는 달리기 시합을 했는데 엄마 대신 할머니가 참여했던 것 같다. 할머니는 내 모자를 당신의 머리에 얹은 채(내가 모자를 쓰기 싫어했을까?) 반환점을 돌아 결승선을 향해 뛰어가는 중이다. 다른 사람은 반환점을 돌기 전이거나 막 돌아선 참이다. 승리를 예감한 할머니가 활짝 웃는다. 입 모양을 보면 나도 무어라 열심히 외치고 있는데 "할머니 빨리, 할머니 빨리."라고 소리치지 않았을까 싶다. 우리가 함께했던 많은 순간이 사진으로 남아 있다. 나는 수영장에서 튜브를 두른 채 할머니를 향해 헤엄치고 있거나, 벤치에 할머니와 나란히 앉아있거나, 나무가 무성한 길을 할머니의 손을 잡은 채 걷고 있다. 내가 기억하거나 기억하지 못하는 유년의 모든 날에 그녀가 있다. 할머니는 나를 사랑했고 나는 할머니를 사랑했다. 장난스러운 말투로 "이 가시나, 예쁜 가시나."라고 말하던 할머니의 목소리가 생생하다.

이 장에 이르러 나는 책의 전반을 통틀어 개인적으로 가장 어렵고 불편한 이야기를 마주해야 한다. '고부 관계'는 페미니즘의 언어로 엄마의 삶을 재구성하고자 했을 때 반드시 필요하지만 가능한 회피하고 싶은 주제였다. 내가 사랑하는 두 사람이 지배와 복종의 관계에 놓여있음을 알아가면서 나는 공존할 것 같지 않은 감정이 공존할 수 있음을 깨달아갔다. 사랑하면서 미워하기, 미워하면서 사랑하기. 나에게 할머니는 애증의 대상이다. 이 글쓰기의 가장 큰 걸림돌은 사랑이다. 할머니를 사랑하기에 두렵다. 나의 글쓰기로 우리의 사랑을 배반할까 봐, 할머니를 단순하고 납작하게 '나쁜 시어머니'로 만들어버릴까 봐. 이미 그랬는지도 모르겠지만.

모녀도, 자매도, 친구도 아닌 두 여성의 관계는 가부장제라는 제도권 안에서 성립하고 기능한다. '고부'는 시어머니와 며느리를 뜻하지만, 그들은 한 남성(아들-남편)을 사이에 두고 있기에 '고부 관계'는 삼자(三者) 관계다. 우리 집에서, 다른 가정에서도 이 관계의 특수성은 젠더적 측면에서 두드러지는 듯하다. 시어머니는 여성이 아니다. 생물학적으로는 여성이지만 가부장제에서 그-그녀는 아들의 대리인이기에 고부 관계는 여성 대 여성의 관계라기보다 여성 대 명예 남성의 관계에 가깝다.

우리 집안의 상황을 일반화할 수는 없겠으나 3세대에 걸친 네 명의 여자가 사는 집에서 할머니는 최고 권력자였다. 그 지위는 할아버지가 돌아가신 1987년부터 할머니가 집을 떠난 2008년까지 이어졌다. 그-그녀는 가부장제를 유지하는 중심축이자, 여성이면서 여성이 아닌 성별이자, 내가 사랑하는 사람인 동시에 내가 사랑하는 또 다른 사람을 수족으로 부리는 인물이었다. 제사를 지내는 방식부터 그날의 반찬까지 크고 작은 일이 할머니의 말씀—명령, 지시, 허락—에 따라 결정되었다. 할머니는 '말씀하는 사람', 엄마는 말씀을 실행하기 위해 '노동하는 사람'이었다. 할머니가 권위를 내려놓은 것은 인지 저하가 왔을 때, 다시 말해 엄마를 올케언니로 여겼을 때였다. '엄마의 시누이'로서 할머니는 싹싹하고 예의 발랐다.

⌂

할머니는 1926년 서울 용산에서 태어나 일제 치하에서 성장기를 보냈다. 식민지 여성으로서는 드물게 고등교육을 받았고 짧게나마 직장 생활을 했다. 할머니는 자신이 '신식 교육'을 받은 '신식 여자'라는 사실을 종종 언급했는데 이는 '신여성(New woman, Modern girl)'과 동일한 의미로서 할머니의 자긍심이었다. 할머니가 치매¶ 판정을 받으러 간 병원에서 있었던 작은 에피소드는 그녀가 인지 저하를 겪는 상태에서도 신여성으로서의 자긍심만은 온전했음을 보여준다. 할머니의 전언에 따르면 병원에서 그녀는 몹시 자존심이 상했다. 의사가 "본인 이름을 쓸 수 있나요?"라고 물으며 (할머니의 표

¶ 어리석을 '치(癡)'와 어리석을 '매(呆)'의 조합인 '치매'는 인지 장애에 대한 비하적 용어라는 비판을 꾸준히 받아왔다. 질환, 장애, 노년 등에 대한 부정적 이미지를 강화하는 용어를 사용하는 것은 조심스러우나, 대체할 만한 적절한 용어가 뚜렷하지 않다는 점, 앞으로 이 용어에 대한 고민이 계속되어야 한다는 점을 인식하며 이 책에서는 치매라는 말을 사용했다.

현을 빌리면) '무식쟁이'로 취급했기 때문이다. 할머니는 되물었다. "한글로 쓸까요, 한자로 쓸까요?" 그녀는 의사가 대답하기도 전에 멋들어진 필체로 두 가지 이름을 썼다. 의사가 "글씨를 참 잘 쓰시네요."라고 칭찬하자 할머니는 담담하게 대답했다. "그런 소리 많이 들었습니다."

KFC, 피자헛, 던킨 같은 다국적 프랜차이즈 기업의 체인점이 대구에 처음 문을 열었던 1990년대, 할머니는 우리 자매와 함께 치킨이나 피자, 도넛을 먹으면서 "내 신식 할머니 맞제? 다른 할머니하고 다르제?"라고 물었다. 10대였던 우리는 손녀들에게 '신식'과 '할머니답지 않음'을 확인받으려는 할머니가 너무 웃겼기에 "신식 맞지, 할머니는 할머니 같지 않지."라고 맞장구를 치며 큰 소리로 웃곤 했다. '할머니' 또는 '할머니 세대 여성'의 일반적 이미지가 '전통에 순응하는 여성', '아낌없이 내어주는 이타적 여성'이라면 할머니는 분명 그 이미지와 거리가 멀었다.

우리 집이 어려웠던 시절, 구미의 넓은 아파트에 살며 맞벌이했던 삼촌 부부가 할머니에게 아이들을 돌봐달라고 부탁했다. 경제적 여유가 있었던 삼촌은 가사 도우미를 부를 테니 집안일은 할 필요가 없고, 대구에 가고 싶을 때는 언제든 차로 모셔다드리며, 돌봄노동의 사례도 드리겠다고 약속

했다. 그나마도 한 달 중 보름은 처가에 맡길 테니 나머지 보름만 돌봐달라는 청이었다. 어린아이들을 둔 아들의 부탁인데다 할머니의 편의를 고려한 제안이니 거절할 이유가 없어 보였다. 좁은 집에서 복작대며 사는 우리 가족을 배려한다면 당신이 잠시 다른 곳에서 지내는 것이 모두를 위해 나을 수도 있었다. 할머니는 '생각해보겠다'는 말조차 없이 단박에 거절했다. 우리가 이유를 묻자 불쾌하다는 표정으로 말했다.

"내가 애나 봐줄 할매로 보이나?"

누군가는 할머니를 '어머니답지 않다'고 비난할지 모르겠으나 나는 할머니의 그런 성정이 싫지 않았다. 오히려 당신이 원하는 대로 행동하고, 직설적으로 말하며, 희생이나 헌신에 의미를 두지 않는 것이 좋았다. 나아가 나는 그녀가 '더 진보한 신여성'이었다면 좋았을 것이라고 생각한다. 할머니의 신여성상이 단순히 신식 교육을 받은 여성의 표상이 아니라 새로운 가치관을 가진 여성—경제적 자립을 추구하거나 여성의 사회 진출을 지지하는 것처럼—이었다면, 그녀는 명예 남성으로 며느리를 구속하는 대신 여성 대 여성으로서 새로운 고부 관계를 형성했을 것이다.

할머니는 신여성을 자처하는 가부장제의 수호자라는 점에서 모순적이었고, 전통적 어머니상을 거부하는 동시에 전통적 고부 관계에 얽매여 있다는 점에서 자가당착적이었다. 가족관계에서 타자화된 '집안의 이방인', 즉 며느리의 봉사에 가까운 희생 없이는 일상을 영위하지 못했던 할머니에게 주체성에 대한 의지가 있었을까? 또 다른 여성의 헌신에 의존해온 할머니에게 자존감은 자기애나 자기중심성과 동의어가 아니었을까? 할머니가 소위 전통적 어머니상에 부합하는 사람이었다면 나는 할머니를 가여워하느라 사랑하지도, 미워하지도 못했을 것이다. 그녀의 생전에, 그리고 사후에도 내가 애증을 표현할 수 있는 이유는 그녀가 '어머니다움'에 시큰둥한 사람이었기 때문이다. 할머니가 그런 사람이기에, 나는 이 글을 쓰는 용기를 낼 수 있었다.

⌂

두 사람의 관계에서 중요하게 살피고 싶은 것은 50대에 엄마가 느꼈던 공허감이다. 나는 두 사람이 일종의 "주종관계"에 놓여있다는 것, 할머니가 엄마를 사랑하는 동시에 구속한다는 것을 알았지만 엄마가 느끼는 억울함과 갑갑함의 실체에 대해 깊이 생각하지 않았다. 10대 시절에는 내가 직면한 문제와 싸우느라 엄마에게 관심이 가지 않았다. 스물한 살 때 집을 떠났고 20년에 가까운 시간 동안 엄마와 소원했다. 거의 매일 통화하면서 서로의 지나온 시간에 관해 이야기를 나눈 것은 내가 40대가 되면서부터다.

엄마의 이야기에 등장하는 "상인동 아파트"는 내가 살지 않았던 집이다. 그곳에서 심화된 두 사람의 갈등을 나는 목도하지 못했다. 나보다 몇 년 늦게 상경한 동생은 당시에 엄마가 종종 술을 마셨다고 말했다. 주량이 세지 않아 캔맥주 한두 개를 마시는 것이 다였지만 꽤 자주 마셨다고. "밤에 거실에서 웃음소리가 들려서 나가보면 엄마가 혼자 맥주를 마시면서 시트콤이나 예능 프로그램을 보고 있었어. 맥주 한 캔과 사람을 웃기는 텔레비전, 그게 엄마의 유일한 낙이었어."

베티 프리던이 20세기 중반의 미국 여성이 겪고 있다고 지적했던 문제를 21세기 초반 50대에 들어선 한국의 가정주부가 겪고 있던 문제에 대입할 수 있을까? 미국 교외의 멋진 주택에 사는 여성들. 서너 명의 아이를 키우며 인테리어, 가정용 가전, 빵 굽는 법에 관심을 쏟는 여성들. 건강과 아름다움, 남편과 아이, 살림과 사교 모임이 중요한 화제인 여성들. 남편의 출근길을 배웅하고 스테이션왜건에 아이들을 태워 학교에 데려다주는 여성들……. 1950년대 미국에서는 이 같은 이미지가 완벽한 여성상으로 유포되고, 심지어 영속적 여성상으로 믿어졌다. 그러나 같은 시기, 이 여성상에 부합하는 수많은 여성이 원인 모를 불안감과 우울함에 시달리고 있었다. 그들은 이토록 완벽한 생활에 만족하지 못하는 자신들에게 잘못이 있다고 생각했기에, 무엇이 문제인지 정확하게 알지 못했기에, 이런 속내를 입 밖에 꺼내는 순간 여성성이 의심받을 것을 염려했기에 이 화두는 오랫동안 그들의 내면에 묻혀 있었다. 프리던은 이 문제를 '이름 붙일 수 없는 문제'라고 이름 붙였다.[1]

2000년대 초반 한국의 아파트에서 시어머니와 단둘이 살았던 나의 엄마와 1900년대 중반 미국의 단독주택에서 남편과 아이와 살았던 가정주부 사이에는 유사점이 없어 보인다. 그러나 이 시기에 엄마는 경제적 어려움에서 차츰 벗어나고 있었고, 장성한 자식들은 예전만큼 엄마를 필요로 하지 않았으며, 과거에 비하면 남편과의 관계도 안정적이었다. 그녀는 "하느님께 너무 감사"해하며 이 생활이 지속하기를 바랐다. 당시의 엄마와 1950년대 미국의 가정주부 사이에 공유하는 바가 있다면 빈곤이나 질병처럼 '명확한' 문제로 고통받지 않았다는 점, 의식주와 같은 기본적 생활을 걱정하지 않았다는 점, 나아가 인테리어나 가정용 가전제품을 구매하는 데 관심을 가질 만큼 여유가 생겼다는 점, 무엇보다 자신의 상황에

안도하고 만족했다는 점이다.

그리고/그러나 이때부터 엄마의 마음속에서는 "불만이 자라기 시작"했고 "다른 생각"이 들었으며 "숨이 막"혔다. "이 상황에서 벗어나고 싶다는 마음"과 "이제 나를 먼저 생각하는 삶을 살고 싶"다는 욕구가 자리 잡았다. 엄마가 말한 "억울함", "구속감", "허탈함", "공허감", "내 인생이 통째로 부정당하는 느낌", "나 자신이 텅 비어버린 기분"은 프리던이 발한 '이름 붙일 수 없는 문제'의 속성과 일치한다. 프리던은 여자들이 이 문제를 설명할 때 다음과 같은 표현을 사용하는 데 주목했다. "무언가 공허하고 …… 불완전한 기분이 들어요." "내가 존재하고 있는 것 같지 않아요." "지친 기분이에요. …… 이유도 없이 울고 싶어지고." "(나는) 단순히 남이 무엇을 원할 때만 이름이 불리는 그런 사람에 불과해요. 그러면 난 누구란 말이죠?" "왜 이렇게 피곤한지 모르겠어요. …… 일 때문은 아니에요. 나는 도무지 살아있다는 기분이 들지 않아요."[2]

할머니가 "얼마 전에 돌아가신 부모님을 욕되게 말"하고 "나의 딸들이자 당신의 손녀들을 협박의 도구로 삼"았을 때 엄마의 감정은 폭발했다. 폭발/촉발은 한순간의 사건이 아니라 누적의 결과다. 방아쇠는 한참 전에 당겨졌는지 모른다. 컴퓨터 강좌를 그만두면서 '배움'이라는 기본권조차 주어지지 않는다는 데 절망했을 때부터, 혹은 상인동 아파트로 이사하면서 살 만해졌다고 안도했을 때부터, 또는 오래전으로 거슬러 올라가 시가의 집과 마당이 자신에게 허락된 생활 반경의 전부라는 사실을 알고 생병을 앓던 때부터. 엄마는 더 나은 존재가 되고 싶어 하는 사람, 독서를 자기만의 정신적 공간으로 삼는 사람이었다. 두 사람의 갈등은 예견된 일이 아니었을까? '가두고 싶은 자'와 '자유로워지고 싶은 자'가 평생 화목하게 지내는 것은 애초에 불가능하지 않았을까?

누군가는 엄마의 '이름 붙일 수 없는 문제'의 원인을 내가 이 책의 초반부에서 말한 '특권', 다시 말해 고등교육을 받고 독서와 영화 같은 문화적 세례를 누린 여성의 특권에서 찾을지 모르겠다. 실제로 20세기 중반 미국에서도 교육이 이른바 '가정주부 증후군'의 원인으로 지목되었다. 《뉴욕타임스》는 1960년 6월 28일자 기사에서 "교육을 받아 지식의 세계에 젖어있던 많은 젊은 여성들은 …… 가정에서 숨 막히는 기분을 느끼게 된다."라고 썼고, 어떤 이는 교육받은 가정주부를 "머리를 두 개 가진 조현병 환자"에 비유하며 "시인에서 잔소리꾼으로 바뀌어가는 과정에서 자신이 어떤 종류의 사람이 되는지 이해할 수가 없는 모양이다."라고 말했다.[3] 그러나 프리던은 대학을 졸업한 여성, 문화적 취향을 가진 여성, 가정주부가 아닌 다른 꿈을 가졌던 여성만이 이 문제로 고민한다는 주장을 실례를 들어 반박한다. 그가 인터뷰한 수많은 여성이 교육 수준, 거주 지역, 남편의 직업, 사회적 계층, 자산의 정도, 자아실현에 대한 야망의 유무를 불문하고 '이름 붙일 수 없는 문제'로 고통스러워하고 있었기 때문이다.

물론 엄마의 '이름 붙일 수 없는 문제'에는 '시어머니'라는 명확한 대상이 있다. 나는 엄마의 이야기에서 이중의 죄의식을 발견한다. 시가에 자유를 반납한 스스로에 대한 자책감과 요양원에서 말년을 보낸 시어머니에 대한 죄책감. 그러나 자신과 타자를 향한 양가적 죄의식이 엄마의 '이름 붙일 수 없는 문제'의 전부는 아닐 것이다. 오히려 엄마가 겪었던 괴로움의 원인 — 구속하는 시어머니 — 이 너무 명확한 나머지, 명확한 하나의 원인이 불명확한 여러 원인을 은폐하는 것은 아닐까? 할머니와 함께 살지 않았다면, 또는 함께 살았더라도 할머니가 엄마에게 집착하지 않았다면 엄마는 아무 고민이 없었을까? 자기 삶에 만족하며 "억울함", "구속감", "허탈함", "공허감", "내 인생이 통째로 부정당하는 느낌", "나 자신이 텅 비어버린 기분"을 전혀 가지지 않았을까?

나는 그렇지 않다고 생각한다. 가끔 엄마가 스스로에 대해 "아무것도 아닌 사람이 되"어버렸다고 말할 때, 그렇지 않다고 생각한다. 씁쓸한 표정으로 "이 나이가 되도록 이룬 게 하나도 없어."라고 말할 때, 그렇지 않다고 생각한다. 엄마 세대의 많은 여성(또한 내 세대의 여성)이 겪는 '이름 붙일 수 없는 문제'는 교육을 많이 받아서도 아니고 가사노동이 너무 힘들어서도 아니다. 구속하는 시어머니, 바깥일로 바쁜 남편, 떠나버린 자식만이 허탈감과 억울함과 상실감을 주는 것도 아니다. 여기에는 더 근본적인 문제가 있다.

⌂

내가 엄마와 할머니의 관계를 처음으로 톺아본 것은 전작인 《친애하는 나의 집에게: 지나온 집들에 관한 기록》을 집필하던 때였다.¶ 이 책은 내가 살아온 집들을 통해 집과 여성, 집과 계급, 집과 자아실현 등의 주제를 다루는 동시에 "집이라는 '물리적 장소' 안에서 여성의 '상징적 자리'를 가늠해 보려는 시도"[4]였다. 나는 물리적 장소이자 상징적 자리로서 'place'가 어떤 역할을 하는지, '장소 상실(placeless)'이 사회적 약자의 현실을 어떻게 위협하는지 생각했다. 장소에 대한 투

¶ 이 꼭지의 내용은 전작인 《친애하는 나의 집에게: 지나온 집들에 관한 기록》 중 '서재의 주인'의 일부 내용을 다듬어 옮겼다.

쟁은 광장과 거리, 크레인과 철탑 같은 공적 장소뿐 아니라 사적 장소로 여겨지는 집 안에서도 일어나는데 "여성은 이른바 사생활의 영역인 집에서도 장소 상실을 겪곤"[5] 하기 때문이다. 장소 상실에 관한 생각은 곧 할머니와 엄마의 공간에 대한 회상으로 옮겨갔다.

딸들이 집을 떠나고 나서야 50대 중반의 엄마가 80대의 할머니에게 "괜찮으시면 저희가 안방을 쓰고 어머님이 넓은 방 하나를 쓰시면 어떨까요?"라고 말할 용기를 냈다는 것은 나에게 의미하는 바가 크다. 할머니는 언제나 가장 넓은 방을 소유하는 사람, 집의 평수나 방의 개수에 구애받지 않고 자기만의 방이 있었던 유일한 사람이기 때문이다. 세 개의 방이 있는 집에 살 때 할머니는 큰방과 그 방에 딸린 욕실을 차지했고, 다른 가족들은 두 명씩 작은 방을 사용하며 네 명이 하나의 욕실을 공유했다. 할머니를 포함해 집안의 누구도 그 상황을 불만스러워하지 않았고, 이의를 제기하지 못했으며, 특히 아빠는 "우리처럼 어른을 잘 모시는 집은 많지 않다."라며 자랑스러워했다. 부유했던 시절에 사들인 가구를 다음 집으로 그대로 가져간 사람도 할머니뿐이었다. 집의 크기는 계속 줄어들었고 작아진 평수에 맞춰 많은 가구를 처분했지만, 할머니는 당신의 물건을 끝까지 고수했다. 방 두 개짜리 옥탑 집에 다섯 가족이 살 때 엄마는 싱크대 앞에 이불을 펴고 잤지만, 할머니에게는 혼자 쓰는 방이 있었다. 그 집과 도무지 어울리지 않는 앤티크 스타일의 원목 옷장과 서랍장, 화장대와 침대를 놓은 방이.

반면 엄마의 공간에 대해서는 아무것도 묘사할 수 없다. 그런 곳은 없었기 때문이다. 한때나마 여유로웠던 시절, 우리는 계단으로 층이 분리되고 가족 구성원의 숫자보다 방의 개수가 더 많은 집에 살았지만, 그때도 엄마는 자기만의 방을 가지지 못했다. 나는 결혼한 뒤에야 이 문제를 인식하고 엄마가 불공평한 상황에 놓여있었다고 말했다. 엄마는 아무렇지 않은 표정으로 대답했다. “괜찮아, 집 전체가 다 내 방이지.” 나는 엄마의 이 말에 대해 전작에서 이렇게 썼다. “며느리-아내-엄마인 여자는 집 안의 어느 곳에나 있어야 하므로 집 안의 어느 곳도 소유해서는 안 되었다. 엄마는 장소 그 자체였다.”[6] ‘공간’에 대한 책을 쓰면서 엄마와 할머니의 관계를 떠올렸다는 것은, 집안에서의 권력관계가 어떤 형태로 드러나는지 새삼 깨달았다는 의미이기도 하다. 그것은 **말씀과 노동**일 수도, **장소와 장소 상실**일 수도 있다. 장소 상실은 한 사람의 자리를 지워버림으로써, 또는 모든 자리에 그 사람이 머물게 함으로써 누군가를 ‘있지만 없는 사람’, ‘부재하는 존재'로 만든다. 이 책의 초반에 엄마를 '목소리와 자리가 없는 존재'라고 표현한 것은 그런 이유다.

'말씀'과 '장소'가 지배하는 자의 몫이고 '노동'과 '장소 상실'이 피지배자의 몫이라는 점은 집이 사적 영역인 동시에 정치적이고 사회적인 장소라는 것, 집 안에서 이루어지는 가사노동이 성별화한 노동이라는 것을 의미한다. 역시 전작에서 우리 사회의 가정은 서재를 남편의 공간으로, 주방을 아내의 공간으로 구분하는 경향이 있다고 말하며 "부부 중 한 사람만 방을 소유한다는 것은 어떤 의미일까?"[7]라고 질문한 데 대해 어느 여성 독자는 이렇게 반박했다. "책을 읽고 글을 쓰는 것은 귀한 일이고 밥을 짓고 청소를 하는 것은 천한 일인가? **스스로 원해서** 가정주부가 되고 가사노동을 하는 여자도 많다. 이 작가는 평등을 말하는 척하면서 살림하는 여자를 차별하고 있다."

그러나 가사노동은 다른 노동과 마찬가지로 귀하거나 천한 일이 아니라 그저 '살기 위해' '누구나' 해야 하는 일이다. 우리는 인간답게 생활-생존하기 위해 음식을 만들고 더러운 옷을 빨고 먼지를 털어내고 쓰레기를 버려야 한다. 가사노동을 비하하거나("집에 가서 밥이나 하라"거나 '부엌데기'라는 표현처럼) 반대로 상찬하지만(남성들이 텔레비전 프로그램에서 '어머니의 따뜻하고 그리운 집밥' 같은 말로 음식 만드는 노동을 추켜세우면 나는 채널을 돌려버린다), 두 관점 모두 편의에 따라 덧씌운 이미지일 뿐 가사노동의 본질은 아니다. 가정주부로서의 삶을 원하는 여성이 있다-많다는 것 역시 핵심이 아니다. '그 선택' 말고 '다른 선택'이 가능했느냐가 핵심이다.

엄마가 선택한 적 없음에도 불구하고 책임져온 일을 생각하면 수많은 가정과 질문 들이 떠오른다. 가사노동이라는 '반복의 노동'이자 '필수적 노동'을 가족 구성원 중 한 사람만 담당한다면, 그 한 사람이 어머니-아내-며느리로 불리는 사람이라면, 그녀가 성역할 모델에 맞춰 경제적·사회적 자립을 포기해야 한다면, 그녀에게 주어진 임무와 그녀가 추구하는 자화상이 동떨어져 있다면, 다시 말해 그녀의 노동이 **"스스로 원해서"** 맡은 일이 아니라면 내면에서 일어나는 자아분열은 어떻게 해결해야 할까? 결국 '이름 붙일 수 없는 문제'란 선택권이 없는 자의 자아분열이 아닐까? 현실과 의식이 유리되어 있을 때 그녀는 무엇을 선택할 수 있을까? 아니, 선택할 수 없었던 것이 문제의 발단이었으니 그저 현실에 잡아먹히지 않는 것, 의식의 깨어남을 억누르거나 고통스럽게 받아들이는 것이 최선은 아닐까?

이어지는 질문 속에서 어쩔 수 없이, 엄마의 '이름 붙일 수 없는 문제'의 중심에 있었던 할머니를 떠올린다. '고부'라는 말이 많은 상념과 감정을 불러일으키기에 나에게 고부 관계는, 프리던 식으로 말하면, '이름 붙일 수 없는 관계'다. 엄마를 가둔 것이 할머니라면 할머니를 가둔 것은 가부장제라는 공고한 체제였는지 모른다. 서로 다른 의미에서 두 사람은 **갇혀 있는 자**가 아니었을까? 이 '두 명의 갇혀 있는 자'는 내가 가장 사랑하는 여자들이다. 두 사람을 모두 사랑하기에 이 글 속에서 나는 분열한다.

⌂

수많은 어머니가 딸에게 하는 조언, "너는 엄마처럼 살지 마.", 수많은 딸이 어머니를 보며 하는 다짐, "나는 엄마처럼 살지 않을 거야."는 무엇을 의미하는가? 이 말은 '내면의 목소리를 들으라'는 구호처럼 들린다. 또한 전형적 여성상에서 벗어나려는 딸이 가장 먼저 부정하는 대상이 어머니라는 의미로, 어머니도 자신에 대한 딸의 평가 절하를 묵인한다는 의미로 들린다. 나는 엄마처럼 살지 않기를 다짐하면서, 엄마처럼 살기를 소망한다. 전자의 다짐은 엄마가 처했던 현실을 계승하지 않겠다는 의미이고, 후자의 소망은 그 현실에서 고유성을 지키려 애썼던 엄마의 정신을 상속하겠다는 의미다. 겸손을 미덕으로 여기고 단정을 꺼리는 엄마가 "잘 살아왔어. 책임을 저버린 적도 없고, 자존감이 흔들린 적은 있을지언정 무너지지 않았고, 나 자신에 관해 생각하고 질문하는 일도 멈추지 않았어."라고 말할 수 있는 것은 자기 내면에 집중하며 살아온 이의 긍지다.

나에게 엄마는 낡은 관습을 상징하지 않는다. 타인이 나를 비주체적 인간으로 내모는 상황에서도 주체적 인간이기를 끝내 포기하지 않는 이의 상징이다. 엄마의 결혼은 아버지들의 담합으로 성사되었고("두 아버지가 의기투합해서 혼인을 결정했대, 나도 모르는 새"), 출산은 선택의 여지 없이 이루어졌으며("아이를 가지는 데 선택권이 있다는 생각은 못 했어. 결혼하면 무조건 낳는 줄 알았지"), 시집살이는 상의 없이 결정되었지만("아빠가 …… 먼저 말을 꺼냈대. 구미 살림은 정리하고 북성로에 들어와 살겠다고"), 그 일은 엄마의 삶에서 표면이지 내면은 아니다.

엄마가 들려주는 내면의 이야기에는 '순응하는 자', '억압받는 자'와 같은 피해자/희생자의 정체성이 없다. 그녀는 누구도 원망하지 않고 아무에게도 원한을 품지 않았다. 엄마는 자신의 표현처럼 '생각하는 자', '질문하는 자'로 살았다. 자유가 허락되지 않는 상황에서 스스로에 대해 생각하고 질문하는 일은 고통스러우나, 엄마는 그렇게 했다. '생각하는 자', '질문하는 자'는 곧 '성찰하는 자', 궁극적으로는 '성찰을 통해 더 나은 자신을 꿈꾸는 자'다. "너희의 좋은 면을 발견할 때 내가 영향을 준 부분도 있을 거라고 믿어."라는 엄마의 말은 진실이다. 나에게 좋은 면이 있다면 엄마에게 물려받은 유산이다.

엄마의 짧은 말은 내 삶에서 여러 번 방향키가 되었다. 오래전 내가 첫 연인과 헤어지고 상심해 있을 때 엄마는 "사람이든 일이든 떠나는 것에 연연하지 마. 더 나은 기회가 오려는 거니까."라고 말했다. 그것은 지나가고 다가오는 것들 사이에서 희망을 버리지 않고 꼿꼿하게 자기 자신으로 존재해 온 이의 조언이었다. "어떻게 자존감을 지킬 수 있었어?"라고 묻자 엄마는 "책을 읽으면서."라고 대답했다. 그 말은 나에게 일종의 경구(aphorism)다. 열렬히 읽는 삶이 그녀를 그녀이게 했다면, 읽고 쓰는 사람으로 사는 한 타인이 나를 훼손해도 나는 훼손당하지 않고, 타인이 나를 모욕해도 나는 모욕당하지 않으며, 타인이 나를 소멸시키려 해도 나는 소멸하지 않을 것이기 때문이다.

외상 장애 환자에게 트라우마란 **반복되는 현재**다. 특정한 사건이 머릿속에서 재생되고 재생되고, 나는 그 일을 현재에서 경험하고 경험한다. 가장 증오하던 나로 돌아오고 돌아오고, 나의 절멸을 깨닫고 깨닫는다. 나의 일상은 그 끊임없는 반복성 속에 위치하지만, 엄마의 정신적 상속자로서 나는 상처를 언어화하면서 강해진다. “힘든 순간을 어떻게 극복했어?”라는 질문에 “살아가는 거야, 극복하는 게 아니라.”라고 대답하는 엄마에게서 상처를 극복하지 않고 살아갈 가능성을 발견한다. 극복의 서사가 승리하는 자, 성공하는 자의 이야기라면 우리의 이야기는 극복하지 않고도 살아가는 자, 상처에 의해, 상처와 함께 살아가는 자의 이야기일 것이다.

여섯 번째 앨범

'비존재'의 계보를 기록하기

내가 슬픈 건 엄마와의 추억이 떠오를 때가 아니야.

추억할 게 없다는 걸 깨달을 때야.

나는 엄마가 어떤 사람인지조차 몰라.

내가 엄마에 대해 이야기하지 못하면

누가 엄마에 대해 이야기할까?

엄마의 이야기가 남아있지 않으면

누가 엄마를 기억해줄까?

엄마처럼, 나에게도 할머니와의 추억이 거의 없었다.

나는 그녀에 대해 아는 것도, 말할 수 있는 것도 없었다.

이 책의 숙명적 한계는 어느 장에서도 나의 모계,

엄마의 엄마의 엄마들에 대한

'서사적 단서'를 발견할 수 없다는 것이다.

그것은 사라졌기 때문이다.

황혼을

바라볼 때

자존감과 책임감으로 살았던 것 같아. 자존감이라고 해서 대단한 건 아니고, 어떤 일이 생겨도 내가 무너지거나 망가지지 않을 거라는 믿음이 있었다는 거지. 장사가 다 망했을 때는 자책했지만 남의 가게에서 일하면서부터는 그런 마음도 없었어. 오히려 자긍심이 생겼지. 한때는 남 부럽지 않게 살다가 빚에 허덕이며 아등바등하니까 나를 안됐다고 생각하는 사람들도 있었어. 하지만 형편이 어려워졌는데 집에 가만히 있으면 그거야말로 안된 일이지, 바깥에서 열심히 일하는 사람을 왜 동정해? 도움만 기다리는 게 부끄럽지, 내가 노동해서 가족에게 보탬이 되면 당당하고 뿌듯해야지. 남들이 뭐라고 하든 나는 스스로가 자랑스러웠어.

책임감도 별다른 게 아니라 해야 할 일을 했다는 거야. 자식들을 바르게 키우려고 노력하고, 아빠가 일을 못 할 때는 아빠 몫까지 도맡고, 시어머니를 모셨으니 끝까지 챙기고……. 가끔은 나도 쉬고 싶고 혼자이고 싶고 바람 쐬고 싶고, 창밖에 보이는 저 새처럼 푸드덕 날아가면 좋겠다 싶을 때도 있었지만 그런 마음도 잠깐이지. 책임이 구속이고 부담일 수 있어. 하지만 내려놓고 싶다, 벗어나고 싶다, 그런 생각은 안 했어. 나에게 책임은 자기 자신을 갉아먹으면서 견뎌야 하는 일이 아니라 내 안에서 우러나는 마음이었어. 책임에 짓눌려 살았다면 내 삶을 힘들었다고 회상할 거야. 그런데 아니야. '아, 나 잘했다.' 싶어서 만족스럽거든.

요즘 큰언니에게 그런 이야기를 해. "언니야, 난 힘들게 살지 않았던 것 같아. 당시에는 힘들다고 느꼈던 일도 사는 게 그런 거지 나만 힘들었나 싶어. 기쁘고 슬프고 즐겁고 고된 시간을 통과한 **지금의 내가 나는 좋아.**" (엄마는 미소를 지었다.) 얼마 전에 친구가 그러더라. "예전엔 자식 키우고 지금은 손주 돌보고, 내 인생은 어디에도 없네. 내가 이룬 건 하나도 없다." 내가 그랬어. "우리가 왜 이룬 게 없어? 사람을 키우는 일이 얼마나 중요한데. 사회의 기초가 되는 아주 중요한 일이지." (엄마는 또 웃었다.) 나도 내가 아무것도 아닌 사람 같고 성취한 일이 전혀 없는 것 같았는데, 요즘은 생각이 달라졌어. 너와 이야기하면서 영향을 받은 부분도 있는 것 같아.

너희가 결혼하고 아빠랑 둘이 살면서 좋았어. 아빠도 많이 변했어, 좋은 쪽으로. 요즘은 내가 이야기하면 귀 기울여서 듣고 있다는 느낌이 들거든. 자기 이야기도 곧잘 하고. 같이 있으면 편안해. 아빠가 외출하면 나는 집에 혼자 있어. 외롭지 않아. 소소하게 할 일이 많거든. 집안일하고 책 읽고 산책하고 너희와 통화하고 텃밭과 정원을 가꾸고, 그러면 하루가 금세 가. 가끔은 언니도 만나고 친구도 만나고 점촌에 친정 가족도 보러 가. 억지로 뭔가 책임지고 산 건 아니라도 책임질 대상이 없으니 홀가분하고 자유로워. 아, 참 좋다. 네가 결혼하고 몇 달 지나서 재경이 결혼식에 다녀오던 날, 아빠가 차 안에서 그러는 거야. "너무 좋다." 그래, 너무 좋아서 꿈만 같았어. 행복이 대단한 건가, 매일매일 평범한 날이 계속되면 그게 행복이겠지.

△

2004년 1월 초에 아빠가 그러는 거야. "위내시경을 하면서 조직 검사를 했는데 위암 초기 같다고 큰 병원에 가보래." 별일 아니라는 듯이 이야기하기에 나도 아무렇지 않게 대답했어. "그래, 초기면 괜찮아. 수술하면 돼." 아빠는 진단 결과를 전날 오후에 들었는데 저녁에 이야기하면 내가 잠을 설칠까 봐 아침에 이야기한 거였어. '아, 이 사람 암 걸렸구나.' 하는 순간 마음이 덜컥 내려앉았지만, 아빠가 불안해할까 봐 대단치 않은 일이라는 듯이 넘겼어.

2월 초에 경북대병원에서 수술했어. 일주일쯤 지나서 퇴원했는데 집에 온 지 이틀 뒤에 배가 아프다는 거야. 위를 절개했으니 음식물을 꼭꼭 씹어서 삼켜야 하는데 평소처럼 먹었다가 탈이 났나 봐. 한밤중에 구급차를 타고 병원으로 갔어. 며칠 후면 설 연휴인데다 주말까지 겹쳐서 응급실 의사밖에 없는지 입원이 안 된대. 응급실에서 나흘을 보냈는데 어떤 할아버지는 아파 죽겠다고 끙끙거리고, 어떤 아주머니는 밤새 욕하면서 신경질을 부리는 거야. 그 분도 암 환자 같았는데 얼굴이 수척하고 머리카락이 다 빠진 모습이 한눈에도 상태가 나빠 보이더라. 아픈 사람이 아픈 사람의 심정을 이해하는 건가, 누가 행패를 부려도 불만을 내비치는 사람이 없었어. 잠깐 쳐다보다가 고개를 돌리거나 눈을 감아버리고. 아무도, 아무 말도 안 하더라. 자기들도 다 아프고 괴로울 텐데……. 병실에는 보조 침상이 있는데 응급실에는 보호자 자리가 없잖아. 딱딱한 의자에 앉아서 잠도 거의 못 자고 나흘을 버텼어. 아빠는 아빠대로 아프고 나는 나대로 힘들고. 퇴원한 것은 닷새째. 병원을 나오는데 살겠다 싶더라고.

얼마 뒤 경북대병원에서 정밀 검사 결과가 나왔는데 위암 2기래. 처음 위 내시경한 병원에서 초기 같다고 했을 때는 수술하면 끝난다 싶어서 크게 동요하지 않았거든. 2기이고 항암 치료를 해야 한다니까 약간 충격이었어. 약물 치료를 시작했는데 약이 얼마나 독한지 입술이 부르트고 입안이 헐어서 아빠가 점점 더 못 먹더라고. 그렇지 않아도 수술 이후에 식음을 전폐하다시피 했는데……. 그때부터 아빠를 먹이는 게 가장 중요한 일이 됐어. 나 같으면 입맛이 없고 소화가 안 돼도, 먹어야 산다고 하면서 꾸역꾸역 먹을 거야. 아빠는 안 그래. 싫은 일을 억지로 못해. 내가 입맛에 맞는 걸 만들어 줘야지, "여보, 조금만 더 먹어, 한 숟갈만 더 먹어." 권해야지. 아빠가 먹기 싫다고 짜증 내도 나는 억지로 먹일 수밖에 없는 거야. 아빠는 늘 풍채가 좋은 편이었잖아. 항암 치료를 하면서 무서울 정도로 체중이 확확 떨어지더니 다시 늘지 않았어. 지금은 50킬로그램이 채 안 돼, 키는 172센티미터인데.

우리 가운데 누가 더 오래 살아야 하느냐, 나이가 들면서 그 생각을 자주 했어. 아빠와도 이야기했고. 아빠는 "네가 나보다 오래 살아야지." 나도 "내가 당신보다 오래 살아야지." 사람 마음대로 되는 일은 아니지만 우리는 그렇게 바라. 남자가 혼자 사는 것과 여자가 혼자 사는 게 다르잖아. 여자는 평생 살림하고 다른 사람을 챙기면서 살았으니 혼자서도 그렇게 할 수 있어. 남자는 대부분 그렇지 않지. 아빠가 예전부터 음식 만드는 것도 좋아하고 둘이 살면서부터는 청소도 곧잘 하지만 내가 하는 것과는 다르거든. 아빠에게 요리는 취미지 일상적인 노동이 아니야. 청소도 도와준다는 마음으로 하는 거지 자기 일이라고 생각하지 않는단 말이야. 그러니 여자가 남아야 자식들에게 짐이 덜 되지 않을까? 내가 남아서 깔끔하게 뒷정리하고 떠나는 게 너희에게 편하지 않겠니?

우리 엄마의 마지막 소원도 같았어. "내가 네 아버지보다 오래 살아야지 너희가 고생을 덜 한다." 입버릇처럼 그러시더니 아버지가 먼저 돌아가셨어. 아버지는 건강하셨고 엄마는 고관절을 다쳐서 몇 년 동안 누워만 계셨는데, 아버지는 폐렴으로 갑자기 돌아가셨고 엄마는 몇 달 뒤에 돌아가셨거든. 엄마를 보면서 간절히 원하면 이루어지는 건가 싶더라. 그래서 나도 간절히 원해, 내가 아빠보다 몇 달만 더 살기를. 걱정스러운 건 너희가 여전히 나를 많이 의지하는 것 같아서, 나에게서 정신적 독립을 못 한 것 같아서. 언제쯤이면 우리 아이들이 내 그늘에서 완전히 벗어날까? 너희가 많이 슬퍼하지 않을 수 있을 때 떠나면 좋을 텐데…….

⌂

2021년 4월, 부활절이었어. 코로나가 심각할 때라 방송으로 부활 미사를 보고, 아빠와 점심을 먹고, 오후에는 잡초를 뽑으러 마당에 나갔어. 봄이 되면서 풀이 얼마나 나던지. 쪼그려 앉아서 호미질을 한참 했어. 내가 무슨 일을 하면 몇 시간씩 몰두해서 하잖아. 뒷마당을 정리하고 현관문 쪽으로 가서 앞마당의 풀을 뽑는데 아빠가 나오더라고. 내 사촌 동생에게서 연락이 왔는데 우리 집으로 온다고 했대. "손님도 오는데 그만해라." 하기에 "하던 것만 마무리하고 들어갈게."라고 했어.

아빠가 들어가고 2, 3분쯤 지났나, 갑자기 머리가 깨질 것 같더라고. 주머니에 휴대전화가 있는데 그것도 못 꺼내겠어.

벽을 붙잡고 엉금엉금 기어가서 초인종을 누르고 주저앉았어. 아빠는 사촌이 벌써 도착했나 싶었대. 내가 몸을 못 가누고 있으니까 아빠도 깜짝 놀랐지. "왜, 왜 그래?" "여보, 머리가 깨질 것 같아." 부축을 받아서 집으로 들어갔어. 아빠가 내 고무장화를 벗기고 양말도 벗기고 남방도 벗겼어. 그 와중에 사촌에게 전화가 왔는데 내가 "오지 말라고 해. 병원 가야 해." 그랬어. 이상하지, 두통으로 병원에 갈 생각을 평생 해본 적이 없는데, 북성로에 살 때 편두통이 엄청나게 심했어도 진통제나 먹고 말았는데, 게다가 일요일이니까 하루쯤 참아볼 만도 한데 병원에 가야 한다는 생각밖에 안 드는 거야.

아빠가 차에 시동을 걸고 나를 뒷좌석에 눕혔어. 한기가 들면서 온몸이 오들오들 떨리더라고. "추워, 추워." 아빠가 히터를 켜고 조수석을 젖혀서 나를 앞좌석으로 옮겼어. 출발하려는데 마침 사촌이 왔더라. 어느 병원으로 가냐고 해서 내가 "경대병원."이라고 중얼거리니까 아빠가 경대병원으로 간다고 전했어. 집 근처에도 종합병원이 있는데 왠지 대구로, 경북대병원으로 가야 한다는 생각이 들었어. 사촌도 놀랐을 거야. 인사할 겨를도 없이, 아니, 사촌이 가는지 안 가는지도 모르겠고, 경황없이 출발했어. 아빠는 운전하면서 나를 연신 힐끔거리고, 차는 점점 빨리 달리고, 머리가 깨지는 것처럼 아픈데도 나는 과태료가 신경 쓰여서 "여보, 빨리 달리지 마. 과속, 카메라, 카메라……" 그랬어. (엄마는 스스로도 어이없다는 듯이 피식 웃었다.) 고속도로를 달리는데 구역질이 났어. "여보, 나 토해." 그걸 또 언제 준비해왔는지 아빠가 비닐 봉투를 쥐어주더라고. 몇 번 토했는데 물과 위액만 나왔어.

중간쯤 갔나, 어느 순간 정신이 깜빡깜빡 나가더라. 정신을 차리면 또 머리가 깨지는 것 같고. 그래도 의식이 돌아오면 왜관휴게소를 지나고 있구나, 고속도로를 빠져나왔구나, 하면서 위치를 가늠했어. 대구 시내로 들어가기 전에 의식이 사라졌어. 희미하게 정신이 들었는데 아빠가 조수석 쪽으로 오는 게 보였고, 다음 순간에 누군가가—경비원이었겠지—거기에 주차하면 안 된다고 고함치는 소리가 들렸고, 아빠가 나를 내리려다 말고 다시 운전석으로 뛰어갔고, 그다음부터는 또 기억이 없어. 주차는 어디에 했는지, 병원은 어떻게 들어갔는지. 나중에 듣기로는 아빠가 다른 입구로 갔는데 또 누가 나와서 주차하지 말라고 했대. 그래도 거기다 차를 내팽개치고 응급실로 데려갔다더라고. 어떻게 데려갔느냐고 물으니까 자기도 정신이 없어서 기억이 안 난대.

소리만 가물가물 들리는데 누가 우리를 가로막는 것 같았어. 의료진이었을 텐데 코로나 검사 때문이었겠지. 상황을 파악할 새도 없이 또 정신을 잃었어. 다음 기억은 뭔가 콧구멍을 깊이 쑤시는 느낌, "음성입니다." 하던 목소리, 시간이 흘렀는지 모르겠는데 누군가가 "옷을 잘라도 될까요?"라고 묻던 것—내가 원피스를 입고 있었거든—그다음부터는 전혀 기억이 안 나. 옷을 잘랐는지, 속옷을 벗겼는지, 아빠는 어디에 있는지, 나에게 무슨 일이 일어나고 있는 건지…….

얼마나 지났을까, 눈을 떴더니 너희가 "엄마, 엄마." 하면서 나를 부르고 있더라고. 처음 든 생각은 '아유, 이 사람이 쓸데없는 짓을 했구나, 왜 애들을 여기까지 불러 걱정시키고…….' 그래서 겨우 한 말이 "왜 왔어? 엄마 괜찮아." 너희가 뭐라고 대답했을 텐데 또 기억이 없어. 다시 정신을 차리니까 침대에 혼자 누워 있어. 너희도 없고 아빠도 없어. 그런데 어떤 것도 궁금하지 않아. 더듬더듬 몸을 만져보니까 기저귀를 차고 있더라고. "잠들지 마세요." "일어나세요." 누가 자꾸 말을 걸었어, 잤는지 안 잤는지 모르겠는데.

한동안, 아마 며칠이 지났을 텐데, 아무 생각이 없었어. 여기가 어디인지, 너희는 서울에 갔는지, 아빠는 왜 안 보이는지, 기저귀는 왜 찼는지, 소변은 왜 안 보는지, 오늘이 며칠인지……. 궁금하지 않으니까 묻지도 않았어. 생각 없이 시키는 대로만 했어. 팔에 링거를 주렁주렁 단 채 약을 받아먹었고,

죽을 줘서 한 숟갈 먹었고—하지만 입이 써서 넘기지는 못했어—한 번씩 "팔 들어보세요." "다리 들어보세요." 그러는데 왜 해야 하는지도 모르면서 했어. 시키는 대로 잘했어. 나는 늘 백 점짜리 학생이니까. (엄마식 농담이었다.) 머리는 계속 아팠어. 나중에 알았는데 엄청나게 독한 진통제를 몇 종류나 들이부었더라고. 그런데도 두통이 심했어.

어떤 간호사가 나를 많이 걱정해줬어. 내 이름을 자꾸 부르면서 잠들지 말라고 깨우는 이도 그 사람이었어. 이런 대화를 했어. "대변을 못 보셔서 어떡해요? 대변 보셔야 해요." "먹은 게 없어서 그런가 봐요." "변을 못 보면 관장하셔야 해요. 관장하는 거 싫죠?" "네, 그건 싫어요." "그러니까 변을 봐야 해요." "나 아무것도 안 먹었어요. 나올 게 없어요." "네, 식사를 안 하셨어요. 조금이라도 드셔야 해요." 그 간호사가 말을 걸 때, 죽 먹을 때, 약 먹을 때 말고는 잠만 잤나 봐. 며칠이나 지났는지 모르겠는데 그 간호사가 "내일 일반 병실에 자리 나면 그리로 옮길 거예요. 좋으시죠?" 그러더라고. 내가 있는 데가 어디인지도 모르면서 그 말을 들으니까 기분이 좋더라고. "네, 좋아요." 다음 날 소변 줄을 빼고—그걸 하고 있는 줄도 몰랐어—환자복을 갈아입고 이동 침상에 누워서 거기를 나갔어. 나가면서 보니까 중환자실이더라고. 일반 병실에 올라갔더니 너랑 아빠가 있는데 기뻐서 눈물이 났어. 뭐가 어떻게 된 건지도 모르면서. "여보, 재영아, 너무 좋다." 하면서 너랑 이야기하고 큰언니가 와서 또 이야기하고. 말하는 것만으로도 너무 피곤해서 한참을 잤어. 자면서도 '아, 좋다.' 그랬어.

내가 일반 병실에 와서도 무슨 상황인지 묻지 않았잖아. 이상하지, 나에게 무슨 일이 생겼는데 어떻게 궁금하지 않은지. 네가 의사와 면담한 내용을 글로 정리해놓았잖아. 나중에 그걸 보고 알았어. 내가 뇌출혈 가운데에서도 무척 위험한 병에 걸렸다는 것, 제시간에 병원에 못 왔으면 죽었을 거라는 것, 시간이 지나서도 언어와 보행, 인지 등에 장애가 생길 수 있다는 걸 알게 된 거야. 처음 든 생각은 '이렇게 살아서 말할 수 있고 걸을 수 있고 가족을 볼 수 있어서 감사하다. 하느님이 시간을 더 허락해주셨구나…….' 돌이켜보면 기적 같아. 아빠가 외출이 잦은 시기였는데 그날따라 집에 있었어. 아빠가 없었으면 나는 혼자 의식을 잃었겠지. 가까운 병원이 아니라 경대병원을 생각해낸 것도 그래. 경대병원이 대구 본원과 칠곡 분원으로 나뉘어 있는데 내가 대구로 가자고 했거든. 신경외과 교수님이 칠곡에서 근무하는데 그날은 당직이라 대구에 있었대. 무슨 정보가 있어서 그렇게 했겠어. 직감으로 움직였는데 여러 조건이 맞아떨어져서 휴일인데도 바로 수술을 시작할 수 있었던 거야, 기적처럼.

수술 이후 보름 사이에 합병증이 나타날 가능성이 크다고 했는데 그 시기를 무탈하게 보내고 퇴원했어. 집에 와서 네 메모를 찬찬히 읽었는데 무섭긴 하더라. 6개월이든 1년이든 한참 지나서든, 합병증이 생길 수 있다고 하니까. 노인이 되었을 때 겪고 싶지 않은 일들, 보행장애로 거동을 못 한다든가, 인지 장애로 기억력과 분별력을 잃어버린다든가 할 수 있다니까. 예방할 수 없는 일이라니 어쩌겠어. 일어나지 않은 일로 불안해하면 나에게 주어진 현재도 소용없지. 오늘 하루 무사했으면 감사해야지. 오늘 아침에도 침대에서 일어났고, 내 손으로 밥을 지어 먹었고, 내 발로 화장실에 갔고, 너와 이야기하고 있어. 감사하지.

⌂

우리가 오래 소원했잖아. 아니, 나는 항상 여기 있었는데 네가 나를 피했지. 지금이라도 우리가 이야기를 나눌 수 있어서 다행이야. 걱정스러운 건 네가 몸과 마음이 자주 아픈 거야. 하지만 살아있으니까 걱정도 하는 거지, 언젠가는 내가 없는 세상에서 너희가 알아서 살아가야 하는걸. 내가 세상을 떠나면 너희는 잠시 슬퍼하고 한동안 그리워하다가 너희의 삶을 살아가겠지. 우리 엄마가 돌아가시고 내가 그랬던 것처럼.

요즘 부모님 생각이 종종 나. 점촌에서 같이 살던 때 말고, 부모님이 늙고 병들어 죽음이 가까워졌을 때가. 아버지는 급작스럽게 돌아가셨어. 감기에 걸렸다가 폐렴으로 번져서. 중환자실은 규정상 면회 시간이 정해져 있는데 아버지가 큰오빠—평생 함께 살았던 맏아들—를 얼마나 애타게 찾는지 중환자실에서 예외적으로 오빠를 들여보내줬어. 나중에 일반 병실로 오셨는데 중환자실에 계시던 며칠 새 정신이 이상해지셨나 봐. 나도 있고 큰언니도 있고 작은오빠도 있는데 큰오빠가 안 보이면 불안해하시는 거야. 나에게 계속 묻더라고. "네 큰 오라비는 어디 있냐?"

그러다가 당신이 드시고 싶은 음식을 줄줄 읊어. "라면 먹고 싶어. 와인도 마시고 싶다. 생선회도 먹고 싶고, 막걸리도……." 몸이 음식을 안 받아서 아무것도 못 드셨는데, 한참 뭐가 먹고 싶다고 하다가 갑자기 어린아이 같은 말투로 "돈 좀 줘." 한 번도 그런 말씀을 한 적이 없는데. 내가 만 원을 드리면서 물었어. "아버지, 이 돈으로 뭐 하시게요?" "여기 나가면 맛있는 거 사 먹을 거야." 아버지는 지폐를 꼬깃꼬깃하게 접더니 환자복 주머니에 넣었어. "그래요, 아버지. 우리 곧 맛있는 거 먹으러 가요." 며칠 뒤에는 허공을 가리키면서 그러셨어. "우리 어매가 저기 계셔." "어디요? 누가 있다는 거예요?" "안 보이냐? 저기, 우리 어매, 너희 할머니가 서 계시잖아."

2007년 1월 말에 아버지가 돌아가셨어. 향년 87세. 아버지는 그 세대 남자 같지 않게 다정다감해. 어릴 때는 엄격하다고 느낀 적도 있는데, 나이가 들어서 이야기를 나눠보니까 섬세하고 감성적인 양반이더라고. 시집살이를 여전히 하느라 할머니에게 매여있을 때인데, 아버지 생전에 마지막 며칠이라도 병원에 함께 있었던 게 다행이다 싶어. 아버지에게가 아니라 나에게. 그래, 자기 위안이지.

아버지가 돌아가셨을 때도 엄마는 집에 계셨어. 고관절을 다치고 누워서만 지낸 게 수년째였어. 얼마나 답답하고 힘들었을까. 앉을 수 있으면 텔레비전이라도 볼 텐데 앉지도 못해서, 뼈만 앙상한 몸으로 천장만 쳐다보고 계셨어. 마지막 몇 년 동안 엄마가 했던 말이라고는 "배고파." 식사와 배변 말고는 할 수 있는 일이 없으니 기본적 욕구만 남은 거겠지. 아버지 장례를 치를 때 작은언니가 엄마에게 그랬대. "엄마, 아버지 어디 갔는지 알아?" "알아, 새벽에 죽었잖아." 엄마도 아는 거야. 그런데 표정이나 목소리에 변화가 없어. 엄마는 8개월 뒤에 돌아가셨어. 가족들이 집에 있었는데도 임종을 본 사람이 없어. 엄마 상태가 나빠져서 언니랑 오빠 들이 와 있었는데 아침 식사하고 방에 들어갔더니 혼자 숨을 거두셨더래. 아버지가 돌아가셨을 때는 장례식장 화장실에서 엉엉 울었던 기억이 나는데, 엄마가 돌아가셨을 때는 울었는지 안 울었는지 기억도 안 나. 엄마는 향년 90세.

엄마가 떠나고 알았어, 시어머니에 대해서는 모르는 게 없는데 엄마에 대해서는 아는 게 거의 없다는 걸……. 엄마와 딸은 서로를 잘 알 수 없는 것 같아. 두 사람이 같이 지내는 건 딸이 어리거나 젊을 땐데, 그 시절엔 엄마에 대해 깊이 생각하지 않거든. 자기 문제에 몰두하는 시기니까. 그러다 결혼하면 1년에 한두 번 엄마를 만날 뿐이야. 또 옛날 엄마는 그래. 아들 집에서는 상전처럼 굴어도 딸 집에서는 자세를 낮추거든. 우리 시어머니처럼 당당한 분도 그랬어. 아들, 며느리에게 갔을 때와 딸, 사위에게 갔을 때 태도가 완전히 달랐지. 딸들은 자기가 보는 엄마밖에 몰라.

한집에 사는 며느리는 함께 나이 들어가는 과정에서 많은 걸 알게 돼. 내적으로든 외적으로든 한 사람이 변해가는 과정을 속속들이 목격하는 거야. 나도 20대, 30대, 40대, 50대가 다 달랐어. 할머니도 50대, 60대, 70대, 80대가 다 달랐고.

할머니와 나는 그 변화를 같이 겪었지만 엄마와는 그러지 못했어. 어쩌다 한 번씩 친정에 가서 엄마를 보면 그새 많이 늙었구나 하는 정도의 생각밖에……. 나이가 들어서도 엄마와 이야기를 많이 못 했어. 둘만 따로 나가서 이야기하는 건 상상도 하지 못했고 시도도 안 했어. 내 속내를 다 털어놓으면, 힘든 일, 고단한 일, 속상한 일 다 꺼내놓으면 엄마가 마음 아파할까 봐 겉도는 이야기만 했어.

나도 너랑 다르지 않네. 나는 네가 서울에 간 뒤 우리가 왜 소원해졌을까, 재영이는 왜 전화도 안 하고 집에 잘 오지도 않을까 생각했어. 가끔 이야기를 나누려고 해도 네가 피하더라고. 자꾸 물어보면 부담스러울까 봐 그저 기다렸어. 나는 늘 여기 있으니까, 언제든 네가 마음이 열리면 돌아올 수 있으니까. 몇 년 전부터 네가 나에게 매일 전화해서 몇 시간씩 이야기하기 시작했어. 어떨 때는 전화를 끊은 지 몇 분 지나지도 않았는데 다시 전화를 걸어 한참 이야기했지. 그게 정신의학과에 다닌 지 몇 달쯤 지났을 때……. 네가 에너지가 넘치거나 기분이 들떠 있는 애가 아닌데 그때는 좀 다른 사람 같더라고.

네가 그랬지, 하루 종일 이야기하고 싶다고, 그런데 몇 시간씩 이야기를 들어줄 사람이 없다고. 엄마에게 뭐든 다 말하라고 했더니 네가 20, 30대에 힘들었던 이야기를, 한 번도 하지 않았던 이야기를 줄줄 꺼내놓는 거야. 처음 알았어, 우리가 소원한 줄로만 알았던 그 시기를 네가 어떻게 보냈는지. 그 일들이 현재 상황이면 나는 너를 붙잡고 많이 울었을 것 같아. 너에게 일어났던 일을 생각하면 안타깝지만 지금 너는 괜찮으니까, 다 지난 일이니까. 안아주고 싶어. 우리 딸, 진짜 장하다. 힘든 시간을 잘 견뎌왔구나. "엄마에게 진작 털어놓지 그랬어?" 물었더니 네가 그랬어. "엄마가 마음 아파할까 봐……." 그래. 나도, 너도 엄마가 마음 아파할까 봐 혼자 감당해야 했던 시간이 있는 거겠지.

한동안은 엄마가 없구나, 생각해도 많이 슬프지 않았어. 몇 년 동안 고생하셨으니 차라리 돌아가신 다음이 더 편하지 않을까 싶고. 엄마와 살았던 기간이 유년의 몇 년밖에 안 돼서 그런지도 모르지. 이제 나는 너와 많은 이야기를 나누지만, 엄마와는 그랬던 적도 없고 앞으로도 그럴 수 없어. 내가 슬픈 건 엄마와의 추억이 떠오를 때가 아니야. 추억할 게 없다는 걸 깨달을 때야. 나는 엄마가 어떤 사람인지조차 몰라. 엄마에 대해 기억나는 것도, 이야기할 수 있는 것도 없어. 돌아가셨을 때는 별로 슬프지 않았는데, 요즘은 엄마를 생각하면 너무 슬퍼서 눈물이 나. 내가 엄마에 대해 이야기하지 못하면 누가 엄마에 대해 이야기할까? 엄마의 이야기가 남아있지 않으면 누가 엄마를 기억해줄까?

⌂

아프고 나서 체력이 떨어졌어. 청소하면 지쳐서 눕고 반찬도 한두 가지 만들면 다음 날 일어나는 게 힘들어. 평생 낮잠을 안 잤는데 요즘은 금세 몸이 늘어져서 낮에도 자주 잠들어. 몸을 움직이는 속도도 느려지고 건망증도 심해졌어. 며칠 전에는 텃밭에 물 준다고 수돗물을 틀어놓고 다음 날까지 잊어버렸지 뭐야. 수도꼭지를 틀어둔 채 호스 잠금장치만 잠근 거야. 수압으로 호스가 터져서 물이 하늘로 치솟고 난리도 아니었어. 큰 병을 앓고 나니까 쇠약해지는 게 여실히 느껴져. 자연스러운 과정이지 싶어. 죽음은 가까워지는데 청년처럼 쌩쌩하면 생에 미련이 남아서 어떻게 떠나겠니.

내가 아빠랑 자주 가는 의류 할인매장이 있잖아, 아빠가 쇼핑하러 가자는데—이 사람은 나이가 들어서도 옷 사는 걸 좋아해—내키지가 않아. 예전에는 제일 좋아하는 게 옷이었는데. 퇴원하고 자주 하는 생각은 물건이 늘면 안 된다는 것, 살림을 정리하고 간소하게 지내야 한다는 것. 게다가 할인매장에는 철 지난 제품이 나오는데 올해 구매한 옷을 내년에도 입을 수 있을까, 그런 생각이 들거든. 정리해야지, 정리해야지, 하면서도 몸이 쉬이 피곤해져서 엄두가 안 나.

그래도 하고 싶은 일이 하나 있는데 너랑 제주도 올레길에 가는 거야. 내가 걷는 걸 좋아하잖아. 매일 걷던 동네가 아니라 새로운 길을 걸으면 행복할 것 같아. 코스별로 완주하지 않아도 괜찮아. 바다를 보면서 걷고 하늘을 보면서 걷고 나무를 보면서 걷고, 지치면 아무 데나 주저앉아서 이야기하고, 아니, 이야기하지 않으면 어떠니, 말없이 앉아있어도 좋지. 몇 년 전에 재경이가 이탈리아에 데려가줬을 때 좋았는데, 나는 첫 유럽 여행이기도 했고, 그런데 너와는 둘이 여행한 적이 없네. 우리 꼭 가자. 그게 지금 하고 싶은 유일한 일이야.

종일 걷다 보면 저녁이 되겠지. 내가 노을을 또 좋아하잖아. 개와 늑대의 시간이라고 하나, 그 순간이 하루에 15분밖에 안 된다는 말을 들은 것 같기도 하고……. 어릴 때 해 질 녘이 되면 놀다가도 하늘을 올려다봤어. 고등학생 때는 교실 창가에 앉아서, 대학생 때는 교정 잔디밭에 앉아서 넋을 놓고 석양을 바라봤지. 아, 맞다, 점촌으로 가는 기차에서도, 차창을 내다보면 산허리에 저녁놀이 걸려서 하늘이 온통 붉은데 참 아름다웠어. 아, 좋았다. 나에게도 오래전에 그런 시절이…….

해가 어스름하게 질 때를 황혼이라고 하잖아. 이제는 내가 황혼 자체가 되었어. 너랑 걸으면서 노을 보면 좋겠다. 그럼 내가 좋아하는 게 다 있는 거지. 산책, 노을, 그리고 우리 딸.

결여된

이야기

다른 결말을 쓰고 싶었다. 세상으로부터 부여받은 역할과 책임을 완수한 여인이 자유롭게 비상하는 이야기, 그녀의 정신이 거듭해서 깨어나는 이야기. '노년의 성장담'은 그녀의 자부심에 구체적 근거를 부여할 것이다. 그러나 이 글은 픽션이 아니다. 걱정거리 없이 "매일매일 평범한 날이 계속되"었다. 엄마는 "행복"하다고 느꼈다. 새로운 일을 도모하고 파격적인 일을 시도하는 대신 한평생 그래왔던 것처럼 "집안일하고 책 읽고 산책하고 너희와 통화하고 텃밭과 정원을 가꾸"었다. "어머님의 식사"라는 일생일대의 의무에서 벗어난 엄마는 "언니도 만나고 친구도 만나고 점촌에 친정 가족도 보러 가"면서 뒤늦게 찾은 자유를 만끽했다. 엄마에게 "자유", "만족", "행복"을 주는 일상이 너무 소소해서 내가 쓰고 싶은 대단한 결말 따위는 오히려 대단하지 않게 느껴진다. 엄마는 창가에 앉아 황혼을 바라보며 삶의 유한성을 생각한다. 이것은 내가 지어낸 이야기보다 훨씬 더 '괜찮은' 결말, 우리의 '진짜' 이야기다.

⌂

2021년 4월, 아빠에게 전화가 왔을 때 나는 오랜만에 만난 친구와 저녁 식사를 하고 있었다. "뭐해?" 아빠의 목소리는 평소와 비슷한 것 같기도 하고 아닌 것 같기도 했는데, 이제 와 생각하면 평소의 목소리로 말하려고 애쓰는 평소답지 않은 목소리였다. "엄마가 머리가 아프다고 해서 응급실에 왔어. 그런데 의사가 너희를 다 부르라고 하네." 나는 그 말을 금방 이해하지 못했다. 가끔 치명적인 병명을 떠올릴 때가 있다. 가족이, 또는 내가 그 질병에 걸린 상황을 상상할 때가 있다. 그러나 왜 그런지 뇌질환과 관련한 병명은, 더구나 뇌질환 위험군과는 거리가 멀어 보이는 엄마에게 그 병이 찾아오리라고는 한 번도 생각한 적이 없었다.

아빠의 말을 이해하지 못했던 또 다른 이유는 전날 통화할 때만 해도 엄마가 멀쩡했기 때문이다. 이틀 전에는 엄마에게 편지를 받았다. 서로에게 편지를 쓰는 것은 당시 엄마와 나의 일과였다. 나는 20, 30대 내내 엄마와 거리를 두었지만 정신의학과에 다니면서부터 엄마에게 지나치게 자주 전화했고, 수화기를 붙잡으면 누구에게도 하지 않았던 옛날이야기를 끝없이 늘어놓았다. 의사가 경조증 삽화(hypomanic episode)가 나타나는 것 같다고 진단했던 시기에 나는 잠이 줄었고, 허기를 느끼지 못했으며, 수면과 식이가 부족한 상태에서도 힘이 넘쳤다. 그러나 경조증이 지나가면 우울증이 찾아온다는 것을 알고 있었다. 무엇이든 할 수 있을 것 같은 날이 지나가면 곧 아무것도 할 수 없을 것 같은 날이 찾아온다. 무기력, 침울함, 과수면 상태로 내던져진다.

엄마는 들뜬 마음을 가라앉히고 힘을 아껴두라고 말했지만 나는 주체되지 않는 에너지를 해소하려고 했다. 주방 벽을 페인트칠하고, 대청소하고, 만 보씩 걷고, 운동장을 달리고, 친구들을 만나고, 그리고 엄마에게 전화를 걸어 쉴 새 없이 떠드는 식으로. 사람들은 밝고 활동적인 모습이 보기 좋다고 말했지만 엄마는 나의 급격한 변화를 염려스러워했다.

우리는 하고 싶은 이야기를 편지로 쓰기로 했다. 몇 시간씩 말을 쏟아내는 것보다는 차분하게 생각하고 언어로 표현하는 편이 나에게 도움이 되리라 엄마는 생각했던 것 같다. (내가 한글 문서에 글을 써서 메신저로 보내면 엄마가 수기로 쓴 편지를 사진으로 찍어서 보내는 방식으로 편지를 교환했다.)

아빠와 통화를 마치고 동생에게 전화를 걸었다. 동생은 이야기를 듣자마자 울음을 터뜨렸다. 바로 상황을 파악한 것이었다. 한 시간 뒤 우리 부부와 동생 부부는 동대구행 열차를 탔다. 병원에 도착하자 엄마의 수술은 끝나있었다. (이야기했다시피 엄마는 나와 동생을 보자 "왜 왔어? 엄마 괜찮아."라고 말하고 다시 정신을 잃었다.)

엄마에게 극심한 두통이 찾아온 이유는 뇌동맥이 터졌기 때문이다. 칼에 베이는 등 외상에 의해 피가 '흐르는' 정맥성 출혈과 달리, 심장에서 나가는 동맥혈은 강한 압력으로 인해 분수처럼 '치솟는다'. 엄마가 풀을 뽑다가 지독한 두통을 느끼고 현관문을 향해 기어가던 몇 초 사이 엄마의 머릿속은 이미 피바다였다. (엑스레이 사진에서 엄마의 뇌는 물감을 흩뿌린 듯한 커다란 별 모양으로 뒤덮여 있었다. 의사는 별 모양을 가리키며 "이것이 다 피입니다."라고 말했다.) 병명은 '뇌 지주막하출혈'. 흔히 '돌연사'라고 부르는 죽음은 의학적으로 심장마비와 뇌 지주막하출혈을 뜻한다. 뇌 지주막하출혈이 일어나면 많은 경우는 즉사하고 그렇지 않은 사람은 의식을 잃은 채로 응급실에 오는데, 병원에 오더라도 수술 중에 사망할 가능성이 크다. 의사의 말에 따르면 엄마가 사망하지 않고, 또 어느 정도 의식을 유지한 채 병원에 올 수 있었던 이유는 혈관이 터진지 얼마 되지 않아 출혈 지점이 막혔기 때문이다.

이어서 의사는 3대 합병증에 관해 이야기했다. 첫째는 '재출혈'이었다. 그는 이 가능성을 배제하자고 했다. "재출혈이 생기면 99퍼센트 사망하거든요." 둘째는 '수두증'이었다. 머리에 물이 차는 증상으로 뇌의 안팎을 순환하는 체액, 즉 뇌척수액이 흐르지 못하면 뇌실이 터져 생명을 위협할 수 있었다. 세 번째는 '뇌혈관 연축'으로 침착(沈着)한 혈관이 산화되면서 혈관이 급격하게 좁아지는 증상이었다. 의사는 수두증과 혈관 연축이 생길 경우에 어떤 증상이 나타나는지 설명했다. '인지장애, 언어장애, 반신마비, 보행장애……' 같은 단어가 의사의 입에서 흘러나왔다. "본인은 자기 변화를 모를 수 있어요. 보호자가 24시간 관찰하다가 이런 증상을 보면 의료진에게 빨리 알려줘야 합니다."

나는 '24시간 관찰'이라고 메모한 뒤 별표를 그렸다. 코로나19가 한창이라 보호자가 한 명 이상 상주하는 것은 제한

되었다. 아빠는 항암 치료 후 쇠약했고 동생은 얼마 전에 시작한 사업으로 바빴기에 평일에는 내가, 주말에는 동생이 간병하고, 아빠가 병원 주변에서 대기하다 필요할 때마다 돕기로 한 터였다. 2주의 입원 기간은 합병증이 발병할 가능성이 가장 큰 시기였다. 우리가 변화를 감지하지 못하면 엄마에게 큰일이 생긴다고 생각하니 몹시 긴장되었다. "문제는 이런 거예요." 의사가 말했다. "합병증은 예방할 수 없어요. 복불복이에요. 어떤 사람은 이 합병증을 다 겪습니다. 어떤 사람은 하나도 안 겪고요." 내가 물었다. "그래도 발병 가능성이 어느 정도인지 말씀해주실 수 있을까요?" "그건 출혈량과 관련이 있는데, 솔직히 어머님은 출혈이 심했어요. 그래서 여러 번 강조해서 설명드린 겁니다." 의사는 마지막으로 이렇게 말했다. "그래도 사셨잖아요. 정말 운이 좋았어요. 어머님은 다시 태어나신 거예요." 아이러니하게도 엄마가 죽음의 문턱까지 갔던 날은 부활절이었다.

⌂

열나흘의 병원 생활은 내가 집을 떠난 이후 엄마와 가장 긴 시간을 보낸 기간이다. 스물한 살에 상경한 뒤 나는 1년에 한두 번쯤 집에 방문해 2, 3일 정도 머물렀다. 그나마도 엄마와 마주 앉아 이야기하는 시간은 길지 않았다. 병원에서 나는 종일 엄마 곁에 붙어 앉아, 엄마의 언어적 행위와 비언어적 행위 모두에 신경을 기울였다. 성인이 되고 나서 엄마와 가장 오랜 시간을 보내고 있을 뿐 아니라 생애 처음으로 엄마의 모든 말과 몸짓에 최선을 다해 집중했다.

사소하지만 새로운 사실을 알게 되었다. 이를테면 엄마는 양치질할 때 칫솔을 천천히 움직여 치아 하나하나를 꼼꼼하게 닦아내느라 시간이 오래 걸린다는 것, 나는 칫솔을 빠르게 움직이며 치약 물을 줄줄 흘리지만, 엄마는 양치질을 마칠 때까지 입가가 깔끔하다는 것. 워터리스 샴푸로 엄마의 머리를 감겨주면서 엄마의 두상이 이렇게 생겼구나, 머리숱이 많이 줄었구나, 흰 머리카락과 검은 머리카락의 비율이 7대 3 정도 되겠구나, 생각했다. 엄마를 부축한 채 병원 복도를 걸으면서 엄마가 더 야위었구나, 예전에는 항상 척추를 곧추세우고 있었는데 이제는 그만큼 꼿꼿하지 못하구나, 생각했다. 엄마의 얼굴을 가만히 들여다보면서 주름과 점의 위치나 보조개의 깊이를 알게 되었다. 엄마가 수면 중에 몸을 거의 뒤척이지 않는다는 것을, 깊이 잠든 것 같다가도 작은 소리에 금방 눈을 뜬다는 것을 알게 되었다. 그리고 새삼스럽게, 의지가 강한 사람이라는 것을 알게 되었다.

의사는 3대 합병증은 예방할 수 없지만 폐렴, 장염, 요로감염과 같은 내과적 합병증을 예방하려면 '걷기'가 중요하다고 조언했다. "하지만 다들 걷지 않으려고 해요. 두통이 심한 상태거든요. 아픈 정도가 아니라 머리가 깨질 것 같죠. 보호자가 환자를 걷게 만들어야 합니다." 나는 엄마를 "걷게 만들" 필요가 없었다. 내가 그 말을 전하자마자 엄마는 "그럼 걸어야지." 하면서 복도로 나갔다. 독한 진통제로도 다스릴 수 없는 극도의 두통 상태에서도 엄마는 하루에 몇 번씩 복도를 걸었다. 통증으로 미간을 찌푸리고 쓰러질 듯 휘청거리는 몸을 나에게 의지한 채 느리게, 그러나 멈추지 않고 걸었다. 어떨 때는 걸음걸이가 너무 힘겨워 보여서 그만 들어가자고 해도 "한 번만 더", "두 번만 더"라고 중얼거리면서 복도를 몇 번씩 왕복했다. 병세가 조금 나아지자 건물 바깥으로 나가 정원을 걸었다. 엄마가 그런 의지를 발휘하는 이유는 단지 내과적 합병증이 두려워서가 아니었다. 엄마가 아프면 가족이 고생할 것을 염려해서였다. 엄마가 지친 얼굴로 침대에 누우면 나는 곁에 앉아 책을 읽어주었다. 첫날에는 한정원 시인의 산문집 《시와 산책》 중 〈추운 계절의 시작을 믿어보자〉라는 글을 낭독했다.

…… 봄의 마음으로 겨울을 보면, 겨울은 춥고 비참하고 공허하며 어서 사라져야 할 계절이다. 그러나 조급해한들, 겨울은 겨울의 시간을 다 채우고서야 한동안 떠날 것이다. 고통이 그런 것처럼. 고통은 사라지지 않는다. 다만 고통 위에도 계절이 지나간다. 계절마다 다른 모자를 쓰고 언제나 존재한다. 우리는 어쩌면 바뀌는 모자를 알아채주는 정도의 일만 할 수 있는지도 모른다.[1]

엄마는 눈을 감은 채 "좋다."라고 말했다. 엄마에게 위로가 되는 것 같아 그 문단을 한 번 더 읽었다. 이 글은 훗날 나에게도 위로가 되어주었다. 1년 후 내가 와병 생활을 할 때 상냥한 독자분이 위의 문장을 인용한 메시지를 보내왔기 때문이다. 그녀는 인용문 다음에 이렇게 썼다. "작가님도 고통의 시간을 보내고 돌아와주세요. 저희가 바뀐 모자를 알아채드릴게요." 엄마에게 용기를 주려고 이 문장을 힘주어 읽던 나와, 나를 위로하려고 이 문장을 한 자씩 옮겨 쓴 누군가의 마음과, 미지의 독자를 향해 골똘히 이 문장을 써 내려갔을 시인의 마음은 연결되어 있을 것이다. 우리를 살게 하는 것은 '연결'이 아닐까. 오롯한 겨울의 마음으로, 타인의 바뀐 모자를 알아보기.

부모의 '나이 듦'을 자각하는 순간이 있다. 암 수술 이후 처음으로 아빠를 본 날, 나는 그를 한순간 알아보지 못했다. 아빠는 과체중인 적도 없었지만 저체중인 적도 없었다. 짧은 시기에 20킬로그램이 빠진 아빠는 얼굴과 체형이 너무 달라져 낯선 사람 같았다. 나는 잠시나마 아빠를 알아보지 못했다는 데 놀라움과 죄책감을 느꼈다. 다음 순간 이런 생각이 들었다. 아빠가 노인이 되었구나. 병원에 있는 동안 엄마의 얼굴과 체형이 달라졌다는 것을 알아차리고 같은 생각을 했다. 엄마가 노인이 되었구나.

종종 미래의 나를 상상했다. 어린아이일 때는 청소년이 된 나를, 중학생일 때는 고등학생이 된 나를, 10대에는 20대를, 20대에는 30대를……. 상상하다 못해 염원했다. 빨리 10대가, 20대가, 30대가 되기를. 노년의 부모를 보면서 깨달았다. '현재의 나(중년의 나)'는 내 상상력이 닿는 마지막 나이였다. '노년의 나'는 상상에서나마 떠올려본 적이 없었다. 왜 그럴까? 미래를 상상하는 것은 '하고 싶은 일', '되고 싶은 모습'을 그려보는 일인지 모른다. 나는 노년을 아무것도 성취할 수 없는 나이, 온전하지 못한 존재로 여기지 않았을까? 도달하지 않은 생애의 한 주기를 오해하면서 상상에서조차 거부하지 않았을까? 인정하건대 나는 노년에 대해 깊이 생각한 적이 없었다. 나의 인식은 상투적 수준에 머물러 있었다. 노화, 무력, 쇠약, 질병, 상실, 죽음과 같은 일련의 언어 속에 고정된 채.

부모님의 병환을 목도하며 노년에 대해 **생각해야 한다**는 것을 깨달았다. 노년이 가까워진 사람, 노년이 된 사람, 노년의 가족이 있는 사람뿐 아니라 언젠가는 노년이 될 **모두가 생각해야 한다고.** 여성학자 김영옥은 어느 퀴어 작가의 말을 빌려 '늙은이'를 가리키는 적절한 대명사가 발명되지 않았다고 말한다. "노인도, 노년도, 어르신도, 시니어 선배도, 할머니나 할아버지도, 할매나 할배도 다 온전한 자긍심을 담기에는 역부족"[2]이라고. (아빠는 항암 치료 이후—남들 눈에 '노인'으로 비춰지기 시작한 이후—누군가가 자신을 "어르신"이라든가 "할아버지"라고 부르는 것을 못마땅해했다. 가장 질색하는 것은 "영감님"이었다. 나는 아빠가 노인이라는 사실을 받아들이지 못해서가 아니라 그 호칭이 담고 있는 어감을 싫어한다고 느꼈다.)

덧붙이자면 중년 이상의 여성을 가리키는 적절한 대명사도 만들어지지 않았다. 일반적 호칭은 '아줌마'일 테지만 이 언어도 "온전한 자긍심"과는 거리가 멀다. 여성의 젊음과 아름다움을 자원이라 여기고 성적 대상화하는 사회에서 '아줌마'라는 언어는 '젊지 않은 보잘것없는 여성', '남성의 성적 판타지에 부합하지 않는 여성'에 대한 무시나 비하의 뉘앙스를 포함한다. '아줌마'가 주로 함의하는 것은 경박하거나 뻔뻔하거나 무식하거나 목소리가 크거나 세련되지 못한 **나이 든 여성**이다. '아줌마 같다'는 비유는 대부분 부정적인 의미로 쓰인다. 중년 여성에게 '아줌마 같지 않다'는 말은 칭찬이고 젊은 여성에게 '아줌마 같다'는 말은 보욕이다. (아빠가 '어르신'과 '할아버지'로 불리는 것을 질색하는 만큼이나, 나는 '아줌마'와 '어머님'으로 불리는 것이 싫다.) '나이 듦'과 '젊지 않은 여성'을 비하하거나 희화하거나 심지어 혐오하는 사회에서 노년 세대와 나이 든 여성에 대한 "적절한 대명사"는 만들어질 수 없다. 그것은 이 정체성을 가진 사람이 여전히 주요 담론의 바깥에, 사회의 가장자리에 놓여있음을 보여준다.

⌂

여성의 노년이 언제 시작되는지 명확한 합의는 없지만, '완경기 이후의 어느 시점'이라면 여러 여성학자의 말을 빌려 이 시기를 새롭게 정의할 필요가 있다. 여성 건강 전문가인 크리스티안 노스럽은 "완경기란 다른 사람이 아닌 바로 자기 자신의 엄마 역할을 하는 시기"라고 말하고, 인류학자 마거릿 미드는 "세상에서 가장 위대한 창조력은 완경기 여성의 열정에서 나온다."[3]라고 말한다. 그러나 완경보다는 폐경이라는 명칭이 익숙하고, 월경이 끝난 여성은 여성이 아닌 존재—비여성으로 여겨지는 사회에서 이토록 긍정적인 정의는 비현실적으로 느껴진다.

완경기와 짝을 이루는 '갱년기'의 사전적 의미는 "인체가 성숙기에서 노년기로 접어드는 시기"로서 정의 자체는 중립적으로 보인다. 그러나 최현숙 작가가 지적한 바, 갱년기는 정치적 언어다. 이 언어가 가리키는 시기와 현상은 여성에게만 해당하는 것처럼 오인되고 부정적 이미지와 결합해 "남성 중심의 성 이데올로기에서 한 여성이 인간으로서의 존재 가치가 끝나는 시기"[4]를 의미한다. 배제당하는 이들을 담론의 중심으로 삼고, 관성적 사고방식을 전복적 사고방식으로 전환하려는 페미니즘에서도 노년 여성은 주류였던 적이 없는 듯하다. 노년 여성은 성 이데올로기의 측면에서 **무성(無性)**으로 간주되는 동시에, 노동의 영역에서는 여전히 강력한 **여성성**을 수행한다. 이 양가적 정체성은 현실에서 안전과 돌봄의 문제로 직결된다.

엄마가 나를 걱정하듯이 나는 엄마를 걱정한다. 노년 여성은 노년이자 여성이라는 이중의 약자성과 함께 살아가지만 여성 안전과 관련한 범죄—스토킹과 교제 폭력, 성폭력과 페미사이드—의 피해자는 대부분 20, 30대의 젊은 여성을 상정한다.¶ 할머니는 여성이 아니라는 식의 우스갯소리부터 노인 강간을 희화하는 농담까지(전혀 웃기지 않다), 사회적으로 노년 여성은 무성적 존재다.

그러나 이들은 노동(특히 돌봄노동)에서 여전히 여성성을 지니기에 나이가 들어도 자녀, 부모, 남편에게 돌봄을 요청받는다. 또는 자청한다. 엄마의 엄마가 "내가 네 아버지보다 오래 살아야지."라고 "간절히 원했"던 것처럼, 엄마도 "아빠보다 몇 달만 더 살기를" "간절히 원"한다. 장수하고 싶어서가 아

¶ 경찰청에 따르면 2015년부터 2019년 사이 노인 대상 성범죄는 총 3,442건으로 5년 사이 44.2퍼센트가 증가했고, 2020년 61세 이상의 성폭력 피해자는 798건이다. 노년 여성이 피해 사실을 숨기는 경우가 많다는 점, 피해를 인정하지 않거나 인지하지 못하는 사례가 많다는 점 등을 고려하면 통계에 잡히지 않는 범죄는 더욱 많을 것이다. 박형민 한국형사정책연구원 실장에 의하면, 일반적 인식과 달리 성범죄 가해자는 피해자의 연령이나 외모를 고려하지 않지만, 노년 여성의 피해는 언제나 신빙성을 의심받고 가해자가 젊은 남성이면 더욱 의심받는다. 이런 인식은 결과적으로 여성 대상 범죄에서 노년 여성을 제외함으로써 암수(暗數) 사건을 만드는 데 일조한다. (〈"설마, 노인에게 몹쓸짓을"…성폭력에, 편견에 우는 노인들〉, 파이낸셜뉴스, 2021.2.8.)

니라 "자식들에게 짐이 덜 되"고 싶어서. "여자는 평생 살림하고 다른 사람을 챙기면서 살았으니 혼자서도 그렇게 할 수 있어."라는 엄마의 말처럼, 노년에 이르러서도 여성이 해방될 수 없는 것은 돌봄의 책무다. 그것은 자녀를 양육하고 부모-시부모를 봉양하고도 돌봄노동이 여전히 끝나지 않았음을, 손주를 돌보고 남편을 돌보고 종국에는 홀로된 자신까지 돌본 뒤에야 죽음과 함께 이 노동이 끝나리라는 의미처럼 들린다. "남자가 혼자 사는 것과 여자가 혼자 사는 게 다르잖아."라고 말할 때 엄마의 목소리에는 남편-아버지-가부장에 대한 연민과 염려가 배어있었다. 그러나 한편으로 그 말은 스스로를 돌본 적이 없는 남성, 여자 없이는 기본적 생활조차 어려워하는 '영원한 돌봄의 대상'을 떠올리게 한다.

남편보다 오래 남아서 "깔끔하게 뒷정리하고 떠나는" 것을 마지막 소원으로 여기는 엄마도 언젠가는 돌봄의 주체에서 대상으로 전환되는 시기가 찾아올 것이다. 치매가 노년의 두려움이 된 이유는 인지능력이 떨어지고 생리적, 신체적 행위를 제어하지 못하는 상태의 불안만이 아니라, 자아 정체성이 부재한 존재로 여겨지기 때문이 아닐까? '존엄을 상실한 인간'이라는 인식이 이들을 돌봄의 영역에서 가장 기피하는 대상으로 낙인찍었기 때문이 아닐까? 김영옥은 사회노년학의 인식론적 출발점이 '자아 이미지'라는 것, 구체적으로 말하면 '훼손되기 쉬운 자아 이미지'라는 점을 언급하며, 노년이 상처받기 쉬운 이유는 "자신에게 익숙한 자아 이미지와는 너무도 다르게 자신을 바라보는 저 타인의 시선으로 자신을 응시해야"[5] 하기 때문이라고 설명한다. 그에 따르면 노년의 시작에는 '훼손된 자아 이미지', 즉 '타자화된 자아'가 있고, 치매에 걸린 노년이란 '이중적으로 타자화된 자아'다. 치매는 "'노년'이라는 '존재'가 기이하게, 즉 도무지 이해할 수 없는 방식으로 멈추는 지점"[6]이다. "치매라는 경계 이후의 삶에는 이름이 없다. 그냥 '치매에 걸린' 삶일 뿐이다."[7]

한편에서는 '백세시대'를 의학의 경이로운 발전이라 여기고, 다른 편에서는 길어진 수명—연장된 노년이 축복인지 저주인지 혼란스러워한다. 신자유주의와 능력주의가 팽배한 사회에서 노년은 비생산적 존재, 잉여적 존재로 평가받는다. 여기에 치매라는 퇴행성 뇌질환은 노년 존재에 대한 불안과 두려움을 가중한다. 비노년/비환자의 세계에서 질병에 대한 고정관념은 노년에 대한 고정관념만큼이나 강력하다. 질병을 불운한 일, 개인적 문제, 예외적 사건으로 여길 때 늙고 아픈 이는 공동체에서 추방되어 고립된다. 늙음과 질병은 대다수에게 예견된 사건임에도 불구하고, 모두에게 언젠가는 도

래할 미래라는 자명한 사실은 잊힌다.

과학기술과 의료의 인류학을 공부하는 이지은 작가는 미국의 학자인 도나 해러웨이의 말을 빌려 치매에 대한 '감응 가능성(response-ability)'을 말한다.[8] '감응 가능성'은 서로에 대한 완전한 이해의 불가능성에도 불구하고 '상대가 나에게 응답하고 있다는 것', 혹은 '나의 응답을 초대하고 있다는 것을 느끼고 응답하는 능력'을 뜻한다. 해러웨이는 이를 통해 '책임(responsibility)'을 재사유하자고 권한다. 이지은 작가는 해러웨이의 개념을 치매에 적용하여 '치매 이후의 삶'은 '근대적 주체의 삶'과는 다른 종류이며, 이 삶은 '감응 가능성'에 의해 유지할 수 있다고 말한다. 치매 환자의 삶을 앗아가는 것은 치매 자체가 아니라 삶, 돌봄, 관계에 대한 협소한 이해이기 때문이다. "감응 가능성을 윤리적인 관계의 근본적인 조건으로 사유하는 것은 돌봄과 의존이 삶의 근본적인 조건임을 인정하는 데서 출발한다."[9]

누군가에게는 이 상황이 당면한 현재라는 것을 상기하면 이 문제를 간접적으로 이해하려는 나의 노력조차 얄팍하게 비치지 않을지, 그리하여 이 문제로 고통받는 타인에게 상처를 주지 않을지 조심스럽다. 그러나 엄마에게, 더 먼 훗날에는 나에게 다가올 미래에 대해 나는 앞서 경험하고 사유한

이들의 글을 통해 상상할 수밖에 없다. 질병의 원인을 개인의 탓으로 돌리는 무례한 말—"술을 자주 마셔서", "아이를 낳지 않아서" "스트레스를 많이 받아서"—에 동조하지 않고, 여전히 지속하고 있는 누군가의 삶을 '짐'이나 '부담'으로 표현하지 않고 우리는 이 문제에 관해 이야기할 수 있을까? 돌봄의 책무를 가족, 가족 가운데에서도 특정한 사람이 전담하는 사회에서 우리는 질병 이후에도 계속될 관계에 대해 더 자주, 더 깊이 이야기해야 하지 않을까?

어쩌면 엄마가 느끼는 불안에도 생의 대부분을 돌봄의 주체로 살았던 사람이 한순간 돌봄의 대상이 되는 데 대한 두려움이 깔려 있는지 모른다. 뇌출혈 이후 엄마는 아빠가 혼자 남는 상황, 엄마가 혼자 남는 상황, 두 사람에게 인지장애가 발병하는 상황, 주간 보호 시스템, 요양원 입소, 연명치료 거부 등 여러 가능성에 관한 부모님의 입장을 전했다. 우리에게 아직 도래하지 않은 날을 상상하며 나는 예비할 수 있는 것과 그럴 수 없는 것을 막연하게나마 헤아려보았다. 그리고 그 바탕에는 우리가 끝내 유지해야 하는 감응 가능성, 마지막까지 지속할 관계에 대한 의지가 필요하다는 사실도.

⌂

엄마가 퇴원한 지 1년이 지나 다시 봄이 되었다. 어느 아침, 나는 침대에서 일어나면서 뒷덜미와 오른쪽 견갑골에 강한 통증을 느꼈다. 흔히 '목 디스크'라고 부르는 '경추추간판탈출증(cervical HIVD)'은 나의 고질병이었고 몇 년 간격으로 심한 통증이 찾아왔기에, 한동안 치료를 받으며 휴식을 취하면 나아지려니 생각했다. 그러나 날이 지날수록 통증은 심해졌다. 진통제는 소용없었다. 통증은 머리, 등, 어깨, 팔, 손목으로 퍼져나갔다. 뒷덜미와 견갑골에는 칼로 쑤셔대는 듯한 날카로운 통증이, 팔에는 전류가 흐르는 듯한 찌릿찌릿한 통증이 지속되었다. 몸을 움직일 수 없어 온종일 누워 있었다. 자세를 바꿀 수 없어 똑바로 누운 채 천장을 바라보며 시간이 가는 것만 기다렸다. 1분 1초가 그토록 더디게 가는 줄 처음 알았다. 잠에서 깨면 통증에 시달리며 보낼 긴긴 하루가 끔찍해서 눈물이 흘렀다.

MRI를 비롯해 여러 검사를 받았지만 결과가 나오는 데는 일주일이 더 걸렸다. 극심한 통증이 계속되자 공황 증세가 찾아왔다. 갑작스러운 공포가 엄습하고 내부의 경보 체계가 오작동을 일으키면 어김없이 발작적인 울음, 비명, 열감, 식은땀, 현기증, 경련, 과호흡, 몸부림, 발버둥이 나타났다. 하루에도 몇 번씩 그런 일이 반복되자 우울과 비관에 빠졌다. 이 상태가 회복 불가능하게, 언제까지나 이어지리라는 상상을 멈출 수 없었다.

나는 세상에 없는 한 여인을, 몇 년 동안 거의 떠올리지 않았던 엄마의 엄마를, 천장을 바라보며 누워 지냈던 그녀의 마지막 몇 년을 떠올렸다. 나의 비관적 상상은 통증으로 인한 불안을 의미할 뿐 나는 다시 일어날 것을, 살고 쓰고 읽고 사랑하며 생이 지속하리라는 믿음을 가지고 있었다. 이 믿음이 상상보다 합리적이라는 것도 알고 있었다. 할머니는 어땠을까? 천장을 바라보며 무슨 생각을 했을까? 일어날 수 있다고, 지금까지 살아왔듯이 앞으로도 살아갈 거라고 믿을 수 있었을까? 할머니는 체념 속에서 하염없이 기다린 것이 아닐까? 영원히 눈이 감기고 하얀 천장이 암흑으로 변하는 순간을.

얼마나 고통스러웠을까? 얼마나 고독했을까? 미욱한 나는 이 정도의 아픔이나마 겪어야 할머니를 생각하는 것이었다. 헤아릴 수 없는 고통을 헤아리기 위해 시도나마 하고, 그녀가 딸을 낳고 그 딸이 또 딸을 낳아 내가 여기에 있음을 실감하는 것이었다. 그리고 깨달았다. 엄마처럼, 나에게도 할머니와의 추억이 거의 없었다. 나는 그녀에 대해 아는 것도, 말할 수 있는 것도 없었다. 이 책의 숙명적 한계는 어느 장에서도 나의 모계, 엄마의 엄마의 엄마들에 대한 '서사적 단서'를 발견할 수 없다는 것이다. **그것은 사라졌기 때문이다.**

그나마 남아있는 기억은 파편적이고 분절적이다. 20, 30대 나는 아주 가끔 외가에 갔다. 할머니의 첫 마디는 언제나 같았다. "선희냐?" 그녀는 매번 나를 나의 엄마로, 당신의 막내딸로 착각했다. 내가 누구인지 알아차리면 이렇게 말했다. "어쩜 이렇게 선희랑 똑 닮았냐?" 할머니는 나를 당신의 방으로 데려갔다. 나로서는 도무지 이해할 수 없는 절박한 눈빛으로 내 얼굴을 바라보았고, 주름진 손으로 연신 내 얼굴을 쓰다듬었다. 우리 사이에는 대화도, 웃음도 없었다. 그저 한 사람이 다른 사람을 바라보고 쓰다듬는 '행위'만 있었다. 그 행위는 일방향의 바라봄이자 매만짐이었다. 나는 할머니를 바라보지도 만지지도 않았기에, 어색하고 불편한 순간을 모면할 궁리만 하고 있었기에. 얼마간의 시간이 지나면 나는 주방이나 화장실에 가는 척 방을 나왔다. 이 장면이 할머니에 대한 내 기억의 거의 전부다.

이야기의 기원에 충실하려면 첫 장은 엄마의 엄마에게서 시작되어야 했고, 마지막 장은 엄마의 엄마에게서 끝나야 했다. 내가 주인공으로 열망한 인물은 '자신의 이야기를 남기지 못한 여성', '비존재로 존재하는 여성'이므로. 결국 엄마의 삶을 기록해야 했던 이유는 우리의 계보에 '비존재'인 할머니가 있음을 기억하고, 할머니와 달리 엄마를 '존재'하게 만들기 위해서였는지 모른다. 나는 엄마의 생애를 경청하고 해석하려 노력했으나, 엄마는 자신의 엄마에 대해 그럴 수 없고 나 또한 엄마의 엄마에 대해 그럴 수 없다. 이 책에서 나를, 나의 엄마를—솔닛의 표현을 빌려—여러 번 '비존재'로 표현했으나 진정으로 비존재인 나의 할머니는 이 책에서조차 부재한다. 이 글은 **결여되었다.**

⌂

주말이 지나고 엄마가 왔다. 부모님의 집을 떠난 지 20년이 넘었지만 아파서 엄마를 부른 것은 처음이었다. 주말 내내 잠을 자지 못했던 나는 가물가물한 정신으로 누워 있었다. 잠결에 비밀번호를 누르는 소리를 들었고 내 이름을 부르는 목소리를 들었다. 눈을 뜨니 엄마가 있었다.

엄마는 보름을 머물렀다. 청소하고 빨래하고 밥을 짓고 반찬을 만들고 설거지하고 반려견 호동이를 산책시키면서 우리가 함께 살 때처럼 분주하게 움직였다. 집안일을 하는 틈틈이 엄마는 내 곁에 와서 목과 어깨와 등과 팔을 주물렀다. 한 시간이고 두 시간이고 엄마가 손끝에 힘을 주어 통증 부위를 꼭꼭 눌러주면 증상이 덜해지는 것 같았다. (하지만 엄마는 팔과 손가락이 아팠을 것이다.)

MRI 검사에서는 정확한 원인을 찾지 못했다. 알고 있었다시피 경추 추간판이 이탈한 데 더해 흉추 1번 추간판이 추가로 이탈한 것을 발견했지만 거동을 못 할 정도의 손상은 찾지 못했다. 막연히 추측해보면 한동안 나쁜 자세를 의식하지 못한 채 생활했는지 모른다. 아니면 글쓰기 자체가 원인인지 모른다. 그 당시 나는 이 책의 4분의 1가량을 집필했는데 몇 달째 쓰다 엎기를 반복하면서, 책을 완성하지 못하거나 완성하더라도 형편없는 글이 되리라는 두려움에 시달리고 있었다. '심리적 압박으로 인한 신체화 증상'이라고 할 수도 있겠으나 다소 주술적으로, 무언가를 낳는 것은 필연적으로 아픔을 경유해야 가능한 일이라고 할 수도 있을 것이다. 내가 낳는 것이 아무리 보잘것없더라도, 완전히 무용하더라도 무언가를 잉태하려면 진통이 먼저 찾아오는 것이라고. (신경차단술과 재활치료를 받으면서 통증은 서서히 완화되었다.)

엄마와 있는 동안, 어릴 때처럼 엄마가 차려준 밥을 먹으면서 어릴 때와 똑같은 말을 들었다. "나물을 많이 먹어." "반찬을 골고루 먹어." "찌개는 국물보다 건더기를 먹어." 때때로 엄마는 내가 나물을 먹고 있는데도 "나물을 먹어."라고 말하면서 내 숟가락에 나물을 얹었고, "이거는 안 먹었지?" 하면서 방금 먹은 반찬을 내 숟가락에 얹었다. 예전이라면 짜증을 냈을 것이다. "먹고 있잖아."라고 하거나 "잔소리 좀 그만해."라고 대꾸했을 것이다. 나는 말없이 먹었던 반찬을 또 먹었다. 어릴 때와 똑같이 나를 대하는 엄마에게서 우리 관계가 본질적으로는 한 번도 변한 적이 없다는 사실을 되새겼다.

어느 날 엄마는 탁자에 놓여있던 책을 들고 침실로 왔다. "가만히 누워 있으니 지루하지? 이거 네가 읽던 책 같은데 읽어줄까?" 책은 리베카 솔닛의 회고록 《세상에 없는 나의 기억들》이었다. 그 책에 대한 서평을 청탁받아 원고를 쓴 뒤 재독하려고 다시 꺼내둔 것이었다. 엄마는 내 옆에 앉아 책을 읽었다. 목소리가 잠기면 헛기침해서 목소리를 가다듬고 방금 읽은 문장을—내가 잘 못 들었을까 봐—다시 읽었다. 엄마가 책의 내용에 동의할지 궁금했다. 솔닛은 페미니스트 작가지만 내가 알기로 엄마는 페미니즘에 관한 책을 읽은 적이 없었다.

엄마는 어떤 문장에서 "음" 하는 감탄사를 냈고 그다음에는 같은 문장을—다시 읽는 것이 아니라—말로 전했다. 이를테면 솔닛이 잭 케루악의 《길 위에서》를 절반쯤 읽다가 중단한 이유에 대해 "그 책은 나 같은 사람들 없이 진행될 이야기였고, 그러니 나도 그 책 없이 살기로 했다."[10]라고 쓴 부분을 읽고, "음, 자기 같은 사람들 없이 진행될 이야기라서 자기도 그 책 없이 살기로 했다네."라고 말하는 식이었다. 엄마는 가끔 짧은 감상을 덧붙였다. "이 작가는 투사네." "내가 이 나이에도 모르는 걸 이 사람은 젊은 시절에 다 깨달았네." 엄마는 책의 마지막 문장—"나, 그리고 다른 사람들의 글과 말이 세상의 변화를 거드는 걸 보는 것은 작가이자 또한 생존자인 내게 여러모로 만족스러운 일이었다."[11]—을 읽고 나서 잠시 생각에 잠겼다. 그리고 나에게 말했다.

"나는 네 덕분에 또 조금 성장한 것 같다."

주

서문 — 필연적 오독, 불가능한 재현, 예정된 실패

1 《해석에 반대한다》, 수전 손태그, 이민아 옮김, 이후, 2002, 25면.

2 《뒤라스의 말》, 마르그리트 뒤라스, 레오폴디나 팔로타 델라 토레, 장소미 옮김, 마음산책, 2021, 30면.

3 《더 이상 어머니는 없다》, 에이드리엔 리치, 김인성 옮김, 평민사, 1995.

4 《다락방의 미친 여자》, 샌드라 길버트·수전 구바, 박오복 옮김, 북하우스, 2022, 148면.

5 샌드라 길버트·수전 구바, 앞의 책, 151면.

첫 번째 앨범 — 평범한 여자아이 되기

1 《삼순이 — 식모, 버스안내양, 여공》, 정찬일, 책과함께, 2019.

2 《페미니즘의 도전》, 정희진, 교양인, 2013.

두 번째 앨범 — 실어의 시간을 경유해 다른 목소리로

1 샌드라 길버트·수전 구바, 앞의 책, 95면.

2 샌드라 길버트·수전 구바, 앞의 책, 95면.

3 샌드라 길버트·수전 구바, 앞의 책, 95면.

4 《이것은 이름들의 전쟁이다》, 리베카 솔닛, 김명남 옮김, 창비, 2018, 8면.

5 리베카 솔닛, 앞의 책, 9면.

6 리베카 솔닛의 책 제목을 인용.

7 《세상에 없는 나의 기억들》, 리베카 솔닛, 김명남 옮김, 창비, 2022.

8 《담대한 목소리》, 캐럴 길리건, 김문주 옮김, 생각정원, 2018, 40면.

9 《제2의 성》, 시몬 드 보부아르, 이정순 옮김, 을유문화사, 2021, 389면.

10 시몬 드 보부아르, 앞의 책, 10면.

11 《여성성의 신화》, 베티 프리던, 김현우 옮김, 갈라파고스, 2018, 16면.

12 《모두를 위한 페미니즘》, 벨 훅스, 이경아 옮김, 문학동네, 2017.

13 《여자들은 자꾸 같은 질문을 받는다》, 리베카 솔닛, 김명남 옮김, 창비, 2017.

14 리베카 솔닛, 앞의 책, 52면에서 재인용.

15 《친애하는 나의 집에게》, 하재영, 라이프앤페이지, 2020, 166면.

16 캐럴 길리건, 앞의 책, 80면.

17 《어둠의 속도》, 〈케테 콜비츠〉, 뮤리얼 루카이저, 박선아 옮김, 봄날의 책, 2020, 217면

세 번째 앨범 — 여자가 여자를 키우는 데에는 모순이 있다

1 시몬 드 보부아르, 앞의 책, 722면.

2 《말더듬 극복하기》, 밥 G. 바든헤이머, 이찬종·최미옥·허재홍 옮김, 학지사, 2015.

3 《세상에 없는 나의 기억들》, 리베카 솔닛, 김명남 옮김, 창비, 2022.

4 《미쳐있고 괴상하며 오만하고 똑똑한 여자들》, 하미나, 동아시아, 2021, 151면.

5 《숭배와 혐오》, 재클린 로즈, 김영아 옮김, 창비, 2020, 6면.

6 재클린 로즈, 앞의 책, 6~7면.

7 하미나, 앞의 책.

8 재클린 로즈, 앞의 책, 153면에서 재인용.

9 재클린 로즈, 앞의 책.

10 에이드리엔 리치, 앞의 책.

11 에이드리엔 리치, 앞의 책, 288면.

12 에이드리엔 리치, 앞의 책, 288면.

네 번째 앨범 — 여성의 일에 대한 두 가지 신화

1 정희진, 앞의 책.
2 《페미니즘》, 데버라 캐머런, 강경아 옮김, 신사책방, 2022.
3 베티 프리던, 앞의 책, 107~108면, 154면.
4 리베카 솔닛, 앞의 책 86면.
5 리베카 솔닛, 앞의 책, 99~100면.
6 리베카 솔닛, 앞의 책, 16면.
7 《무엇이 아름다움을 강요하는가》, 나오미 울프, 윤길순 옮김, 김영사, 2016.
8 나오미 울프, 앞의 책, 68면.
9 나오미 울프, 앞의 책.
10 나오미 울프, 앞의 책, 57면.
11 나오미 울프, 앞의 책, 33면.
12 나오미 울프, 앞의 책, 38면.
13 나오미 울프, 앞의 책, 36면.
14 나오미 울프, 앞의 책.
15 나오미 울프, 앞의 책.
16 하미나, 앞의 책.
17 하미나, 앞의 책에서 재인용.

다섯 번째 앨범 — 이름 붙일 수 없는 문제, 이름 붙일 수 없는 관계

1 베티 프리던, 앞의 책.
2 베티 프리던, 앞의 책, 69~72면.
3 베티 프리던, 앞의 책, 73~74면.
4 하재영, 앞의 책, 218면.
5 《사람, 장소, 환대》, 김현경, 문학과지성사, 2015, 290면.

6 하재영, 앞의 책, 141면.

7 하재영, 앞의 책, 131면.

여섯 번째 앨범 — '비존재'의 계보를 기록하기

1 《시와 산책》, 한정원, 시간의 흐름, 2020.

2 《흰머리 휘날리며, 예순 이후의 페미니즘》, 김영옥, 교양인, 2021, 12면.

3 김영옥, 앞의 책, 21면.

4 《삶을 똑바로 마주하고》, 최현숙, 글항아리, 2018, 131면.

5 김영옥, 앞의 책, 98면.

6 김영옥, 앞의 책, 97면.

7 김영옥, 앞의 책, 98면.

8 《새벽 세 시의 몸들에게》, 김영옥·메이·이지은·전희경, 봄날의 책, 2020.

9 김영옥·메이·이지은·전희경, 앞의 책, 243면.

10 리베카 솔닛, 앞의 책, 199면.

11 리베카 솔닛, 앞의 책, 291면

나는 결코 어머니가 없었다

1판 1쇄 발행일 2023년 2월 27일
1판 2쇄 발행일 2023년 3월 27일

지은이 하재영

발행인 김학원
발행처 (주)휴머니스트출판그룹
출판등록 제313-2007-000007호(2007년 1월 5일)
주소 (03991) 서울시 마포구 동교로23길 76(연남동)
전화 02-335-4422 **팩스** 02-334-3427
저자·독자 서비스 humanist@humanistbooks.com
홈페이지 www.humanistbooks.com
유튜브 youtube.com/user/humanistma **포스트** post.naver.com/hmcv
페이스북 facebook.com/hmcv2001 **인스타그램** @humanist_insta

편집주간 황서현 **편집** 김나윤 임미영 **디자인** 유주현
조판 이희수com. **용지** 화인페이퍼 **인쇄·제본** 정민문화사

ISBN 979-11-6080-966-4 03810